W0225165

Andrea Grill

Tränenlachen

Andrea Grill

Tränenlachen

ROMAN

OTTO MÜLLER VERLAG

www.omvs.at

ISBN 978-3-7013-1153-8

© 2008 OTTO MÜLLER VERLAG, SALZBURG-WIEN
Alle Rechte vorbehalten
Satz: Media Design: Rizner.at, Salzburg
Umschlaggestaltung: Ulrike Leikermoser
Druck und Bindung: Druckerei Theiss GmbH, A-9431 St. Stefan

Für Greta

I.

Genua, Villa Rosa, 20. August 2007

Sich vor Grenzen nicht zu fürchten, lernt man früh oder gar nicht, hat dein Großvater gesagt. Und es ist schwer umzulernen. Das merkt man dir an, sagte er zu mir, da hatte ich ihn gerade erst kennen gelernt, dass dein Land keine Grenzen gehabt hat. Ein Glück hast du, ein pochendes, schimmerndes, es leuchtet dir den Weg, überallhin. Egal, was sie später mit dir machen, die Grenzenlosigkeit können sie dir nicht nehmen, hat er gesagt. Dein Großvater war der zweite Albaner, den ich kennen gelernt habe, und zugleich ein Wiener. Galip hat er geheißen, wie du. „Der Siegreiche" bedeutet das, hast du mir erklärt, es kommt aus dem Türkischen. Wie so vieles bei euch, hast du hinzugefügt, und es hat geklungen, als wäre es dir nicht ganz recht. Auch dein Großvater sei ein wenig Türke, genauso viel Türke wie Österreicher. *Të Barabartë*, zu gleichen Teilen. Vor allem aber ist er Albaner, und deswegen hat er die schönste Zeit seines Lebens im Gefängnis verbracht.

Dein Großvater ist ein wichtiger Mensch für dich, der wichtigste vielleicht. Stundenlang hast du von ihm erzählt. Tagelang. Lange bevor ich ihn zum ersten Mal getroffen habe, Jahre vorher, wusste ich schon mehr über ihn als über meine eigenen Großeltern. Fast mehr als über dich. Bekannt gemacht hast du uns per Telefon.

Deine Großeltern wohnten, wo sie noch immer wohnen, in einem der unzähligen unverputzten Ziegelhochhäuser Tiranas, die unfertig erscheinen oder so, als stünden sie bereits kurz vor dem Abbruch, *Un*-häuser, aus denen die Bewohner nur mangels anderer Wohnungen, und vielleicht auch aus Trägheit, nicht ausziehen. So hoch sind sie gebaut, dass man unten, auf der Straße, immer im Schatten geht. Kamen wir abends auf Besuch, musste erst jemand mit einer Taschenlampe aus dem fünften Stock herunterkommen, uns holen und ins Finstere hinauf vorausgehen. In den Stiegenhäusern gab es kein Licht, wie auch die Gassen und Boulevards der in zeitloser Zerrüttung erstarrt wirkenden Stadt großteils unbeleuchtet waren. Und manchmal, wenn die Batterien leer wurden, hat uns ein Feuerzeug oder eine immer wieder verlöschende Kerze den Weg nach oben gewiesen, wo der kranke Großvater in den letzten Jahren mehr gelegen als gesessen ist.
„Der Tabak," sagte Doktor Spahiu, „ist wohl die Todesursache Nummer eins in diesem Land, und ich scherze nicht, wenn Sie das meinen."

Ich schreibe dir also, *i dashur*, mein Lieber, und überschreite damit die von dir über die letzten Jahre hinweg sorgfältig errichtete und instandgehaltene Grenze. Voreilig vielleicht. Ich erzähle dir dein Leben, soweit ich es kenne, als würdest du dich selber nicht kennen. Das ist befremdlich, und ich versuche es nur, weil du mich darum gebeten hast. Womöglich bereust du es schon. Es hat aber ernstgemeint geklungen. Du würdest so viel vergessen, hast du gesagt, alles vergessen. Ob ich den Damespieler kenne, der blind simultan spielt. Eines Tages war sein Hirn voll mit Partien, Brettstellungen, er wusste nicht mehr, wer er war. Du spielst nicht Dame, spielst den Herrn. Ob ich unser gemeinsames Da-sein noch einmal vor dir ausbreite, ich könne das, wir seien doch miteinander aufgewachsen, doch mehr als Geliebte gewesen, mehr geblieben. Mir ist vorgekommen, als hörte ich mich aus deinem Mund reden, so sehr hat es mich an das erinnert, was ich früher zu dir gesagt habe.

Halb drei in der Nacht ist es gewesen. Seit mindestens fünf Jahren hatten wir nicht miteinander gesprochen. Ob du getrunken hättest, habe ich dich gefragt, und du hast zaghaft „Nur ein wenig“ geantwortet, nicht viel, bist einen halben Satz später empört gewesen, für wen ich dich denn hielte, einen Säufer, einen, der sich eine verflossene Liebe nur anzurufen traut, wenn er betrunken ist! Genau deswegen hättest du angerufen. Um zu erfahren, für wen ich dich halte. Und ich solle dir zuliebe nichts ausklammern. Aus einer Bar hast du mich angerufen, einem Tanzlokal, ich habe die Musik hinter deiner Stimme gehört. Verzweifelt hast du geklungen, grundlos verzweifelt. Objektiv gesehen geht es dir gut, hast du ein paar Mal betont.
Die Grundlosigkeit deiner Verzweiflung hat nichts Unangemessenes an sich gehabt. Unangemessen ist,

dass ich mir seit dem nächtlichen Gespräch unversehens wieder Sorgen um dich mache. Sorgen, die ich eine Weile nicht mehr gehabt habe. Länger als ein paar Jahre kann man sich nicht um einen Mann sorgen, der sich nie meldet. Kaum meldet er sich aber ein einziges Mal, hat er mich schon wieder. Ich fühle mich verantwortlich für sein Wohlergehen. Man müsste die Gabe haben, die Distanz zwischen sich und anderen nicht unabsichtlich auf Null schrumpfen zu lassen.
Nach dem Schrecken, den du mir in der Nacht eingejagt hast, bist du jetzt nämlich wieder nicht mehr erreichbar, wie du dich eben vorher jahrelang unerreichbar gemacht hast. Dass ich gleich angefangen habe, dir zu schreiben, hat auch damit zu tun. Als könnte ich deine Gegenwart kontrollieren, indem ich deine Vergangenheit beschreibe. Jedenfalls kontrolliere ich meine. Es ist ja ganz leicht, alles zum Guten wenden, mit einer Kraft, die Tempel niederreißt und wieder aufbaut, in drei Tagen, wenn es sein muss – hier zitiere ich jemanden, der mich sehr beeindruckt. Ich hab also den Mund aufgemacht, jetzt muss ich ihn zumachen, das Versprechen halten, das er gegeben hat.

Draußen hängt der Nachbar die Wäsche auf, im Garten, auf einem zusammenklappbaren Wäscheständer. Oft beuge ich mich spät nachts aus dem Fenster und sehe kaum zwei Meter von mir entfernt diesen Mann, wie er die Wäsche auf den Ständer hängt, die Stoffstücke sorgfältig über den dünnen Metallstäben ausbreitet. Oft breite ich gleichzeitig meine eigenen Blusen auf meinem Wäscheständer aus, drinnen in der Wohnung, vor dem Küchenkasten, gleich neben dem Herd. Wenn die Wäsche vor dem offenen Fenster trocknet, riecht sie besser. Oft ist es halb zwei, wenn der Nachbar und ich gleichzeitig unsere Wäsche aufhängen, kaum zwei Meter voneinander entfernt, aber doch ganz woanders. Im Sommer, wenn es heiß ist, hat er kein Hemd an, steht mit bloßer Brust im Garten vor seinem Wäscheständer. Manchmal grüßen wir uns. Meistens nicht. Ich weiß nicht einmal, wie er heißt. So wie du damals in deinem Zimmer, hänge ich jetzt in meiner italienischen Garconniere die Leintücher über offene Türen. An Waschtagen kann ich keinen Besuch empfangen.

Der Garten des Nachbarn erinnert mich an euren Garten in Tirana, den Hinterhof, in dem wir all die Sommer verbracht haben. Wo wir monatelang kaum etwas getan haben, nur im Garten gesessen sind, manchmal Feigen von den Bäumen geholt haben oder Khakis – sonst nichts. Ich weiß nicht, warum man das verlernt und ob man es sich wieder beibringen kann, in den Sommern monatelang in Gärten zu sitzen. Aber die Mehrzahl ist bereits ein Fehler. Ein Garten muss es sein, ein einziger. Der Nachbar ist nicht von hier. Vielleicht muss ich deshalb an dich denken, wenn ich ihn sehe, unter meinem Fenster, ohne ihm je begegnet zu sein.

Uppsala, 22. August 2007

Da sitze ich in einem schwedischen Hotel, ein Kloster ist es eigentlich, und bemühe mich um Vollständigkeit. Aber nur einzelne, fast vergessene Geschehnisse fallen mir ein. Ab und zu, in unerwarteten Momenten stürmen sie auf mich ein, ich komme mit dem Stift kaum nach. Ich bin hier auf Dienstreise. Wir kontrollieren den Schwermetallgehalt der Küstengewässer. Es ist keine schwere Arbeit. Seekrank bin ich noch nie geworden. Die Kollegen sind nett, ziemlich wortkarg, aber das stört mich nicht, weil ich sowieso ständig überlege, was ich dir noch schreiben will. Es ist, als hätte ich einen unsichtbaren Freund, seit ich dir schreibe. *An invisible friend.* Eine Art Idealzustand eigentlich. Ob es dir nützt? Ob du dich besser fühlen wirst, wenn du das liest, die Futzerl Vergangenheit, die ich dir hinhalte, dir helfen werden, dich selber wieder zusammenzusetzen? Du redest wie Schnee, hast du manchmal zu mir gesagt, wenn dir unklar war, was ich meinte, oder wenn es wieder einmal ganz unfriedlich gewesen ist zwischen uns. Zum Glück machst du ab und zu einen Schneeball daraus, hast du hinzugefügt.

Wie wir in den blühenden Märzenbechern gelegen sind, in der Wiese zwischen den Hochhäusern. Wie du mir diese rosa Jacke mitgebracht hast und die Bluse mit dem seltsamen Verschluss am Rücken. Kein Tag verging ohne einen leidenschaftlichen Streit; jeden dritten

hast du mich „für immer“ verlassen. In den dramatischsten Augenblicken habe ich laut gelacht, als führten wir ein Stück auf, das ich später jemandem erzählen würde, und brachte dich damit noch mehr in Rage. Zugleich Schauspieler und Publikum, betrachtete ich uns aus dem Zuschauerraum, wie eine von mir selber eigens dafür erfundene Figur, eine Marionette, zwar leidensfähig, aber unverwundbar und unsterblich.
Freilich gerät das Stück zu Episoden. Ständig wird der Vorhang auf und zu gezogen, in den ungünstigsten Momenten. Wenn man etwas wirklich ernst meint, gerät es oft komisch. Unfreiwillig wird man zum Clown. Die Tränen betrachten Beobachter als aufgeschminkt. Dabei ist es alles andere als spaßig. Witzig höchstens, und nur deshalb, weil der Witz eine Form ist, das Unaussprechliche besprechbar zu machen. Ja, du fehlst mir. Wärst du aber da, bei mir im Zimmer, würdest du mir wieder zuviel werden.

Nur mit dir ist es mir einmal gelungen, mich vor Lachen zu übergeben. Wir sind erst weit nach Mitternacht heimgekommen, die Sonne ist schon wieder aufgegangen. Schon im Stiegenhaus haben wir sehr gelacht. Drinnen sind wir lachend aufs Bett gefallen. Vermutlich hast du mich auch gekitzelt. Freiwillig hast du dich erboten, das Erbrochene aufzuwischen, das Bettzeug abzuziehen, während ich mit leerem Magen weiterlachte.

Ich suche nach dir in anderen, meine, dich zu erkennen. Jemand mit einem mir bekannt vorkommenden Gang auf der Straße. Du bist es natürlich nicht. Dein Rauchen hat mich immer gestört. Dass bei uns alles nach Zigaretten gestunken hat, besonders du. Da kann ich gleich mit einem Aschenbecher schmusen, habe ich gesagt, und du bist beleidigt gewesen. Manchmal kaufe ich mir jetzt Zigaretten. Ich zünde eine davon an. Vor dem offenen Fenster halte ich sie zwischen den Lippen, nehme den Rauch in den Mund, atme ihn auf die Straße hinaus. Die restlichen Zigaretten schenke ich her.

Einmal habe ich dich mit Eis beschossen. Wir sind im Kaffeehaus auf einer Terrasse gesessen, und du hast mich aufgeregt, wie nur du mich aufregen kannst. Da ist mir in den Sinn gekommen, den Löffel umzudrehen, auf deinen Mund zu zielen. Das Eis ist dir über die Wange geronnen. Du warst in deiner Ehre gekränkt. Dabei hätte gar keiner bemerkt, was passiert ist, wenn du nicht zu schreien angefangen hättest. Ein anderes Mal war es eine Torte. Ich hatte es mir romantisch vorgestellt, jemandem ein Stück Torte ins Gesicht zu drücken. Deine Auffassung von Romantik war anders.

Unlängst bin ich seit langem wieder einmal bei ihr auf dem Heuboden gewesen, habe unsere Schachteln betrachtet, die seit fünf Jahren unberührt da oben stehen. Mir Schiefern eingezogen. Im Staub geniest. Fast als ahnte ich, dass du anrufen würdest. Sie hat nach dir gefragt. Ja, sie fragen immer noch nach dir. Insbesondere sie, meine Kindheitsfreundin; wir kennen uns, seit wir sieben waren. Sie hat dich gern gehabt, hat sich vermutlich mehr mit dir befreundet gefühlt als mit mir. Seit du weg bist, muss sie sich mit mir begnügen. Das tut sie gern, sagt sie, ich wäre ruhiger geworden. War ich früher unruhig? An deiner Seite? Sie benutze den Heuboden als Depot für ihre vagabundierenden Freunde, sagt sie, und dass ich nichts wegholen muss, alles lassen kann, mich von nichts zu trennen brauche. Sie meint es ernst, streicht sich ihre blonden Haare zusammen, bündelt sie über die Schulter nach vorne. Du kennst sie ja. Ich will mich aber trennen. Zwei, drei Koffer, die alten Schi und das Aquarium habe ich ihr für den Flohmarkt überlassen. Was ich mit deinem Zeug machen soll, weiß ich nicht. Damals bist du einfach gefahren, hast kaum etwas mitgenommen. Geärgert hat mich das besonders, weil ich es bewundert habe. Wie du gegangen bist, die Hände – leer – in den Hosentaschen.

Da oben auf dem Heuboden habe ich die Zettel gefunden, deine Zettel. Das klingt wie aus einem Heimatfilm, Halm ist am Heuboden aber keiner zu finden, statt dessen eine Modelleisenbahn inklusive Lokomotive, Schienen und zentimetergroßen Plastiktannenbäumen. Ein mit einem bunten, glänzenden Band zusammengebundenes Paar Plüschtiere, ein Esel und ein Hase. Das sind wir beide. Die Kindheitsfreundin hat sie uns geschenkt, als wir in unsere erste gemeinsame Wohnung eingezogen sind, ein gutes Geschenk von einer guten Freundin! Die Schischuhe meiner Großmutter. Mit denen hätte ich mir einmal fast die Knöchel gebrochen, als ich neue Schi ausprobierte, am Hang hinter dem Heuboden. Weißt du das noch, oder war das nachher, warst du da schon weg? Die verstaubten Koffer trage ich auf den Sperrmüll und auch den Rest, falls beim Flohmarkt etwas übrig bleibt, auch deine Sachen. Falls du etwas dagegen hast, lass es mich wissen. Die Zettel lege ich dir bei. Ich bring es nicht übers Herz, sie einfach wegzuschmeißen.

Gott ist ein großer Individualist schriebst du zum Beispiel im Juli 1996. Mehr nicht. Schreiben kannst du erst, wenn du Ruhe hast, hast du damals gesagt. Ich habe keine Ruhe, habe immer viel geschrieben, deshalb. Wie immer, genau im Gegensatz zu dir, wenn du „weiß" gesagt hast, habe ich „schwarz" gesagt, und während du nur warten kannst, kann ich alles außer warten. *Non lasciar perdere ogni tenerezza, anche in pochi si vince, magari non le guerre ma le vite* … Das war im August 1997.

Unterwegs zum Bahnhof habe ich vorhin auf einer berstenden Mauer eine Zeichnung gesehen, eigentlich eine Malerei. Über den Riss war ein großes Pflaster gemalt. Es hat ausgeschaut, als wäre es echt, als würde es wirklich die Ränder einer Wunde zusammenhalten.

So überzeugend, wie das Pflaster gezeichnet war, hält die Mauer bestimmt noch lange. Es hat geregnet und alle sind vom Strand heraufgerannt, haben sich Badetücher über die Köpfe gehalten, Strohtaschen vor die Brust, sind zum Zug gelaufen, den man von der Hauptstraße aus stehen gesehen hat. In einem Durchgang zu einer Seitenstraße ist unter einem Torbogen ein Paar gestanden. Die Frau im geblümten Kleid, er vor ihr, seinen Rücken gegen die Straße gerichtet, ein Schutzschild vor dem Anderen, den Vorbeigängern. Von der nassen Hauptstraße aus beobachtete ich, wie die Leute in den Zug stürmten. Die beiden im Durchgang stellten sich näher zusammen, blieben dort, nahmen den Zug nicht. Ich bin gerannt, um ihn nicht zu versäumen.
Im Zug habe ich mich nicht hingesetzt, wollte keinen neben mir haben, bin stehen geblieben. Mir gegenüber ist ein Herr gestanden, der ein Hemd voll winziger Menschlein anhatte. Manche davon mit Hörnern und Kreuzchen anstelle der Gesichter.

Während ich stand, mich an einer Stange festhielt, um nicht umzufallen, habe ich an das Lied gedacht, das du nie mochtest, das wir immer nur gehört haben, wenn ich dran war, Musik aufzulegen:

„Ich schwor einen goldenen Eid,
dass uns nie was entzweit,
hab meine Liebe gut verschlossen

und dann ihr Herz gebrochen,
das älteste traurige Gefühl,
die Felder weich und grün,
wer in Erinnerungen räumt,
ist unschuldig, wenn er träumt,
lass rennen über den Friedhof
meinen Liebling, die Freunde und mich,
geloben, dass nichts uns wird verderben,
bis dass wir alle sterben …"

Uppsala, 23. August 2007

Flüchtlinge sollten besser keine Mütter haben, hast du gesagt, die sorgten sich zuviel. Als du im Frühjahr 1991 über die Mauer der italienischen Botschaft geklettert bist und fünf Tage lang nicht mehr aus dem Hof herauskamst, der dahinter lag, ist deine Mutter über Nacht ergraut. Das war dein erster Fluchtversuch. Am Morgen des sechsten Tages bist du wieder heimgekommen und hast eine weißhaarige Frau in der Küche vorgefunden. Am folgenden Tag hat sie sich die Haare gefärbt. Niemand weiß, dass sie weiß ist, unter der Farbe. Glänzend schwarz wie die deinen sind ihre Haare vorher gewesen. Du bist der einzige, der sie je weiß gesehen hat. Seither färbt sie immer rechtzeitig nach. Flüchtlinge hätten besser keine Mütter, hast du gesagt, und ich habe mir gedacht, aber wer würde dir dann Geld schicken? Flüchtlinge hätten besser keine Söhne, hätte ich gesagt. Außer diese schickten ihren Müttern Geld. Wie ein Flüchtling hast du aber sowieso nicht ausgeschaut, eher wie ein Rockstar auf Urlaub, der versucht, Volleyballer zu werden, aber man weiß schon, und er weiß es auch selber, dass das nichts werden kann, weil er zu sanfte Hände hat.

Wir sind unter der Brücke am Fluss gesessen, haben Eis gegessen, auf die Häuser an der gegenüberliegenden Seite geschaut, das Haus, in dem ich damals wohnte. In dem Haus daneben hat einmal ein berühmter Komponist gewohnt, zwei Wochen lang. Es steht auf einer Tafel, die an die gelb gestrichene Mauer genagelt ist. Du hast mir erzählt, dass du musizieren kannst, Gitarre spielen und Geige, wie deine Mutter, und dass du Italienisch sprichst, deine Mutter übrigens in Mailand lebt, hast gefragt, ob ich in der Schule Italienisch lernte. Auch singen könntest du, hast du hinzugefügt, ohne meine Antwort abzuwarten, und nach einer kleinen Pause gemeint, das würdest du mir aber nicht vorführen. Ich habe gesagt, dass da mein Vater aus der Haustür tritt, gegenüber, am anderen Ufer des Flusses. Er hielt einen Hund an der Leine. Und gleich habe ich auch verraten, dass das mein Hund ist, den mein Vater da hinauslässt. Du bist ziemlich erschrocken, als änderte das etwas, bekäme unser Sitzen am Fluss auf einmal eine andere Bedeutung, weil aus dem Haus gegenüber gerade mein Vater getreten war.

Du warst der erste Albaner, den ich kennen lernte. Beim vierten Versuch ist dir die Flucht gelungen.

Das hätte ich dir, ganz ehrlich gesagt, nie zugetraut. Traue ich dir nicht zu, obwohl ich weiß, dass du es getan hast. Wie ich dich kannte, warst du ein anderer. Keiner, der nachts über Grenzen rennt. Sich erschießen ließe für so einen Spaziergang. Das sei Unsinn, meintest du, bei uns werde niemand an der Grenze erschossen. *Uns* hast du gesagt, kurz bevor du weggegangen bist, hast dich dazu gezählt. Dein Vertrauen in „uns" in Ehren, ich wäre mir da nicht so sicher. Du hättest es leicht gehabt, hast du gesagt, leicht im Vergleich zu den ersten, die geschwommen waren. Du seist ja mit dem Flugzeug gekommen.

Da war eine Frau, hast du gesagt, der ist es geglückt. Sie ging hinüber, schon lange vorher, in den achtziger Jahren, gelangte bis Amerika, Washington D.C., und erzählte dort, wie sie trainiert hatten, am Strand von Durrës, *Durazzo*, eine Gruppe von Freunden. Die übrigen sind untergetaucht, im kristallklaren Bad, nie mehr an die Oberfläche gekommen. Die Gedanken frei wie Delphine, schwammen sie ans andere Ufer, das eine Insel war und die Verbindung zur Welt. Bei sich nur, was sie am Körper trugen, ein Stück Stoff, eine Silberkette, einen goldenen Armreif, gerieten die meisten nicht weiter als einige hundert Meter vor die Küste bei Ksamil. Dort blieben sie und bleiben, hundert unbekannte Seelen zwischen Insel und Land, hängen an unter den Wellen gespannten Drähten, elektrisch geladen; oder sie wurden hinunterschossen wie Enten, ganz hübsche Enten, ungefiedert.

Vierzehn Sommer später schwammen wir. So nah die Insel, *Kerkira*, ein Leichtes, sie zu erreichen, sage ich. Erneut ist alles paradiesisch geworden über den Klippen, ein bisschen Klettern vor dem Absprung. Jetzt könnten wir hinüberschwimmen, wenn wir wollten.

Unbewohnt und leer tagsüber, nachts sieht man die Lichter der Stadt, die Passagierschiffe aus Igoumenitsa, die nach Venedig fahren und Triest. Von den Schiffen aus sehen die Passagiere nur Berge, ein karges Land. Einmal standen wir beide nebeneinander an der Reling, auf einer Reise nach Patras, sahen die Sonne das Licht verschütten über den albanischen Hügeln, bis die Blaugraswiesen gelb wurden und gelbe Blätter durch die Luft schwebten.

Beim Nordtor blies der Wind voll Sand, einsam, vom Beginn aller Zeiten. Er erklomm Turm um Turm, das Land der Barbaren zu schauen, schauderliche Burgen und der Himmel: eine Wüste. Keine Wand schließt hier an die Mauern seines Dorfes an, nur Gebeine, weiß im Frost, bröselig, spröde geworden. Und Kummer, Kummer wie Regen. Und die Wächter des Tores an Tiger verfüttert. Nein, Kaimane. Gleichfalls: spitze Zähne. (August 1991)

Darüber, dass du es vier Mal probieren musstest, bis dir die Flucht endlich gelang, hast du selten geredet. Das erste Mal war am aufregendsten, hast du mir auf mein Drängen hin erzählt, obwohl du ja damals gar nicht aus Tirana hinausgekommen bist. Der ganze Innenhof der italienischen Botschaft muss voller Studenten gewesen sein. Ihr habt am Boden geschlafen und gefeiert. Überall wurde *Pink Floyd* hingesprüht. *Led Zeppelin*. Auch draußen in den Parks, auf die Sockel der Denkmäler, denen die Büsten fehlten. Die gestürzten Helden dienten als Material für die Fundamente der illegalen Kioske, die im Park aus dem Boden schossen, als hätte einer Saatgut für Verkaufsbuden gestreut.

Das zweite Mal fuhrst du mit einem der großen Schiffe. Wieder war das Ziel Italien, das vom Satellitenfernsehen hochgelobte Land. Du hast es sogar geschafft, echten italienischen Grund und Boden zu betreten. Kein digitaler Papst stand da allerdings bereit, dich mit offenen Armen zu empfangen. Weiter als ins Hafengelände von Bari ließen sie dich nicht vor, und nach drei Tagen wurdet ihr alle miteinander in ein anderes Boot gesetzt und zurückgeschickt. Das Schiff, mit dem ihr gekommen wart, schien den Italienern zu verrostet.

Das dritte Mal kamst du bis Ungarn. Du warst mit deinem Cousin unterwegs. Abi, der das schwere Magenleiden hat. In Budapest hat euch ein alter Kommunist verpfiffen. Du kanntest ihn noch von früher, aus Tirana. Er trug ein Röhrchen im Hals, durch das er atmete und sprach.

Das vierte Mal bist du problemlos bis zur ungarisch-österreichischen Grenze gelangt. Du warst allein. Keinen Lärm machen, jetzt nicht. Es hat geschneit und geschneit, du bist weiter und weiter gegangen, bist gerannt, es hat weiter geschneit, und dann warst du da. Hier, meine ich. Darüber sind wir uns nie einig geworden, was *da* war und was *hier*. Weil bei mir alles da ist. Du warst also da. Hallo, hast du geschrien, *here I am, I am here.* Sie haben dich gut empfangen, hast du gesagt, bei den ersten Schritten im neuen Land. Dir eine Suppe gegeben, eine Decke. Nein, wie ein Flüchtling hast du nie ausgesehen, auch nicht mit der grauen Wolldecke um die Schultern, in die du dich nicht wickeln hast wollen, nur locker umgehängt hast du sie dir, wie die Schleppe eines Königssohns. So einer zu sein, hast du dir immer gewünscht. Oder vielmehr, wie so einer bist du dir vorgekommen, und mittlerweile denke ich, dass du recht hast und ein Recht darauf hast. Jeder darf sein, was er will, wenn er es gut macht, überzeugend. *Unë jam shqiptar.* Ich bin Albaner, hast du zur Grenzpolizei gesagt.

Großzügigkeit vor allem vermisse ich in Euren Bräuchen. Generous spirits. (November 1991)

Uppsala, 24. August 2007

Als ich dich zum ersten Mal sah, bist du auf einem Podium gestanden und hast das hässlichste T-Shirt im Saal getragen. Auf dem Podium habt ihr, Asylwerber unterschiedlicher Herkunft, um Hilfe geschrien. Aber gemäßigt, wohlerzogen. Schließlich fand die Veranstaltung im Pfarrheim statt.
Du seist verzweifelt, hast du dort oben auf dem Podium gesagt. Englisch hast du geredet und ziemlich laut. Du hättest studieren wollen, hast du gesagt, wolltest noch immer studieren, *bei euch*, hast du es genannt. *Bei uns*, habe ich gedacht. Und jetzt hast du eine Benachrichtigung bekommen, ein offizielles Dokument, dass du das Land verlassen musst. Morgen vielleicht schon. Springen würdest du, von einer dieser bezaubernden Brücken, die den Fluss querten, der durch unser bezauberndes Städtchen floss, hast du gesagt. Du warst damals 21, fünf Jahre älter als ich. Immerhin hatte ich damals eindeutige politische Vorlieben. Das meterhohe Poster des Zukunftsforschers Robert Jungk in meinem Zimmer hast du mich aber bald ersucht zu entfernen, du fandest es bedenklich, dass sich eine Sechzehnjährige einen alten Mann an die Wand hängt.

Nein, zum Narren halten will ich dich nicht, aber Narren sind wir gewesen, jeder auf seine Weise. Du auf dem Podium und ich unten, zwischen denen, die euch retten wollten. Wovor wir euch retten wollten, ist eine gute Frage. Zuallererst wollten wir *uns* retten. Vor dem schlechten Gewissen, wenn wir euch nicht retteten.

Kaum hatte ich dich bemerkt, hast du mich gestört. Wie du angezogen warst, der aufgedruckte Schriftzug „Scorpions“ und die bunten Silhouetten der Musiker darunter auf schwarzem Hintergrund; dein Haarschnitt, wie ein katalanischer Fußballer, vorne kurz, hinten lang. Mir gefiel ein anderer, ein Russe, der auch im Raum war, nicht am Podium, sondern zurückhaltend ganz hinten zwischen den Fenstern, an einen Heizkörper gelehnt. Mit ihm kam ich nicht ins Gespräch. Bald würdest du von der Brücke springen, hast du noch einmal gesagt, als du vom Podium herunten warst. So ein *Bald* bleibt hängen. Im Raum, in der Luft, im Gedächtnis. Bald. Wann ist bald? Wann findet bald statt? Von der Brücke direkt in den Fluss, hast du gesagt. Ich hab dir meine Telefonnummer gegeben, damit du mich anrufen könntest. Dann käme ich winken.

Mein Publikum ist der Mörder. Aber alle blickten schlussendlich leer vor sich hin. (Juli 1992)

Am Telefon habe ich dir erklärt, wo wir uns treffen könnten, den Eissalon vorgeschlagen. Diesmal hattest du ein anderes Leiberl an, vielleicht sogar ein Hemd, und das Eis hast du auch bezahlt, hast darauf bestanden und gesagt, dass es deine Mutter ist, die mich einlädt. Zwei Jahre lang hättest du sie nicht gesehen. Seine Mutter zwei Jahre lang nicht zu sehen, war mir unvorstellbar. Nicht, weil ich ein besonders starkes Bedürfnis danach hatte, meine Mutter zu sehen. Im Gegenteil, ich habe sie so oft gesehen, dass ich sie schon nicht mehr sah. Und das wiederum heißt nicht, dass ich sie nicht sehen wollte. Wenn man etwas lange und häufig sieht, verliert es an Konsistenz, wird unsichtbar. Anhaltende Anwesenheit lässt verschwinden. (Darum lassen sich weise Regenten kaum sehen.) Unvorstellbar war es mir, weil bisher alle, die ich kannte, ihre Mütter täglich sahen, außer, die Mütter waren tot.

Das Unfassbare ist die Diskrepanz zwischen der Erinnerung des Einzelnen und dem, was an historischen Fakten in den Geschichtsbüchern stehen wird. Vielleicht ist gerade das der Grund, warum wir so großen Wert auf Geschichtsschreibung legen. Weil wir uns kaum merken können, was wir am vergangenen Montag gemacht haben.

Ein paar Monate später haben wir auf einem Straßenfest getanzt. Du hast mir eine Geschichte erzählt, die in Paris spielte, eine Rose gekauft, die ich später in einem Lokal vergaß. *Arc de Triomphe* von Erich Maria Remarque ist die Geschichte gewesen. Die zwei Verliebten im Buch trinken Calvados, und du hast versucht, welchen zu bestellen. Es hat aber im Bierzelt keinen gegeben. Ein Feuerwerk ist damals zwischen die

Berge gefallen, hinter die Post. Gegen Mitternacht kam es näher, fiel uns auf die Köpfe, traf sie nicht. Ich habe dir erzählt, dass sie dieses Fest jedes Jahr veranstalten, sie feiern den Geburtstag eines Kaisers, der seit bald hundert Jahren tot ist. Genau deshalb feiern sie ihn, weil er tot ist. Es ist leicht, Geburtstage von Toten zu feiern, schließlich sind sie nicht da, einen zu stören. (Mit ihren Klagen, wie alt sie geworden seien.) Alljährlich singen am Morgen des Geburtstags des toten Kaisers einige seiner ehemaligen Stubenmädchen in der Kirche eine Hymne. Alte Frauen sind das, die jung waren, blutjung, als der Kaiser starb. Ich frage mich, wer singen wird, wenn diese Frauen auch tot sind. Damals sangst du. Fingst das Feuerwerk aus der Luft über mir, hast es mir in die Hand gedrückt. Im Dunkel unter Bäumen, vor oder hinter einem Standbild, die Post war auch nicht weit weg und die Trinkhalle.
Erst als du dich vor der Haustür von mir verabschiedet hattest, ich schon drinnen war im Gang, am Zimmer des Alten vorbeischlich, der im Erdgeschoss wohnte, Zwerge am Fensterbrett stehen hatte, die auf den Gehsteig hinaus starrten, ihn bewachten, mich bewachten, so kam es mir vor. Gefürchtet habe ich mich vor diesen Zwergen, und fürchten tue ich sie, sobald ich sie sehe, egal in welchem Garten und ob ein Alter sie besitzt oder ein Junger. Erst als du schon weg warst, habe ich mich an die Rose erinnert. Ich bin durch den Regen zurückgelaufen, das Wasser ist mir in den Mund geronnen, die Bluse klebte mir feucht am Bauch. Mit ange-

haltenem Atem betrat ich das rauchige Lokal. Niemand saß an dem Tisch, an dem du mir die Pariser Geschichte erzählt hast. Die vergessene Rose lag da, als wäre sie aus deiner Geschichte gefallen. Draußen hielt ich sie mir vor die Nase. Sie roch immer noch gut.

Nach einem weiteren Jahr sollte es vergessen sein, sagte il dittatore, und: Nie sollst du mich befragen. Sie befragten ihn nicht, und trotzdem. Trotzdem mussten sie es spielen, das königliche Spiel. Tiere, die in ihren Käfigen hin- und herrennen, mit ihren Schädeln die Stäbe durchbrechen würden, wenn sie könnten. Die Stahlgitter, die sie verfolgten, noch immer verfolgen. Nach beendeter Schulzeit sagten sie zu ihm, er solle Montanistik studieren, sein Leben in Bergwerken verbringen. Untertagbau. Letzter Vorgeschmack der Hölle (Vergesst nicht: es regnet nie!). (August 1992)

Du hast viel von zuhause erzählt, von der Küste, vom Heringskönig. Wo die Kinder vom Trampolin sprangen, dort unten am Sandboden schwamm er. Und wenn er sich vergrub, ragte nur ein Stachel aus dem Sand, der ihm auf der Rückenflosse aus umgebildeten Schuppen emporwuchs. Ein goldener Fischkönig mit silbrig glitzerndem Bauch. Geradlinig, mit leichten Schlägen der Schwanzflosse – wie mit einem scharfen Messer abgeschnitten – gleitet er, an den Körperseiten zwischen gelben Streifen einen dunklen weißumrandeten Fleck, die Pupille eines zweiten Auges, das er selber ist, ein blindes Starren zur Abschreckung von Feinden.

Scharfsichtig stellt er Schwärmen kleinerer Fischlein nach, saugt sie über den Algengärten in sein weit vorstülpbares Maul. Ein Staubsauger für Meeresgetier. Saugschnapperprinzip hieße das, und er sei der Gott, *Zeus faber*, ein König ohne Untertanen!, riefst du begeistert. Sein Stachel aber errege bei Menschen und anderen Säugetieren langwierige, schwer zu kurierende Entzündungen mit Fieberschüben und Schwächeanfällen.

Mit so einer Biografie, mit derartigen Vorfahren, Großvätern und -müttern, gar auch adeliger Herkunft und vom Ausland womöglich, vom Westen, nichts zu machen, auch der beste Notendurchschnitt reichte gerade soweit, wie es der Fünfjahresplan vorsah. Und darin standen keine Linguisten, keine Literaten und sonstige Kostverächter der fetten Erdöllacken unter der Erde. Tun als ob also, weiterhin. Nachts bekam er Zitterkrämpfe, nahm seine Kissen und legte sich in den Garten, unter den Zitronenbaum, ging an der Hausmauer auf und ab. Aber niemand hörte ihm mehr zu und er hörte nichts mehr, wusste, er würde nicht aufhören können, nicht aufhören zu schreien, hatte sein Kissen in der Hand und zitterte. ‚Krank', nannte er sich am folgenden Tag, blieb zuhause, rührte sich nicht. Das war die erste Kühnheit. Als er kein Geräusch mehr hörte und sicher war, allein zu sein, übte er das Gehabe. Heimlich schrie er mit sich selber, gab wahnsinnige Wut vor, Verzweiflung, der Angriff des Lebens auf diese Luftlosigkeit da unten. Angst ist kein Geheimnis mehr. Das Gehabe gelang immer besser. Zu wem spreche ich überhaupt, diese Stimmen, und nein, den Mantel möchte ich nicht mehr ausziehen, niemals mehr den Mantel ausziehen, schlagt alle Bücher zu, ich kann das nicht mehr, das Liftfahren nach unten, nicht mehr in diese kleinen Wägelchen und die Hörsäle. Es ist der Überfall, das Fallbeil, das tägliche, zu dem man unterwegs ist. (September 1992)

Dass du ein guter Schauspieler bist, habe ich immer gewusst. Klinisch glaubhaft den Verrückten zu spielen, verlangt mehr als Talent. Wer einen Großvater im Gefängnis hatte, dem war es verboten, Sprachen zu studieren, Literatur. Der musste etwas „Sinnvolles" tun, etwas Notwendiges. Viele deiner Freunde hatten Großväter im Gefängnis. Dein Vater kannte einen Arzt, und es gelang, dich für verrückt zu erklären. Du wurdest vom dir zugeteilten Studienfach suspendiert, krankheitshalber. Anstelle von Montanistik durftest du Mineralogie studieren. Das interessierte dich genauso wenig. Dreimal jährlich eine Exkursion, abgesehen von den ohnehin geplanten Ausflügen in die Plantagen. Seit du vierzehn warst, hast du, wie alle, mit *Enthusiasmus* Orangenbäumchen auf terrassierten Feldern gepflanzt; zwischendurch Waffenübungen unter Olivenbäumen. Lernen fürs Leben. Man friert nicht im Winter, sondern an einem Sommertag am Meer.

Die Basis ist der Mann, Abstammung und Brüderlichkeit die Wurzel; Talente könnten als Äste angesehen werden. Wichtigstes Instrument ist eine exakte Terminologie. Es gibt die Berufe des Schülers, des Gentleman und des Offiziers. Sei gut Freund mit den

Offizieren. Ihr, Soldaten, Zivilisten, seid nicht dazu bestimmt, Professor zu werden. Bildet euch nicht ein, die Felder zu verlassen, um Kaufleute zu werden. Dieser Plan ist in der Natur, kommt aus der Erde. Ein Muss ist an der Wurzel. Er wurde so eingerichtet, dass jeder ein gewisses Maß an Bildung bekommt. Das Dorf ist in Ordnung und wird, unser Tal wird die vier Meere erreichen. Zeitig müsst ihr aussäen, um dann Bäume für die Seidenraupen zu haben. (Februar 1993)

Doch ist das eines der Dinge, die ich ihm zugutehalten muss, dem Diktator, positiv anrechnen, hat deine Mutter gesagt, als ich sie unlängst wieder in Mailand besuchte. Dass er den Analphabetismus gesenkt hat, Schulen gegründet. Auch wenn, was wir lernten, einer staatlichen Fiktion entsprang, sagte deine Mutter, wenige Jahrzehnte vorher waren die Schulen im Land an den Fingern einer Hand abzuzählen. Neunundneunzig Prozent der Bevölkerung konnten weder lesen noch schreiben. Wer studieren wollte, musste nach Istanbul oder Wien. Das zumindest habe sich geändert, hat sie gemeint. Dein Vater hat sie böse angeschaut, einen Exkurs in die jüngere Geschichte Europas begonnen. Fast zu streiten haben sie angefangen, nein, gestritten haben sie, während wir auf ihrer Veranda beim Essen saßen. Ja, ich habe deine Mutter besucht, ohne dir etwas davon zu sagen. Wie hätte ich dir auch etwas sagen können, da du immer unerreichbar bist.

Als ich das erste Mal nach Mailand gefahren bin, zu deiner Mutter, kannten wir uns noch kaum. Du hast mir gleich die Adresse gegeben. Deine Schwester ist ja nach wie vor sehr erfolgreich. Immer wieder lese ich über sie in den Zeitungen. *Ein hochbegabtes Talent aus dem Armenhaus Europas.* Deine Mutter ärgert sich darüber. Ihre Tochter verdiene auch ohne den Bonus des „Leidensdruckes“ gute Kritiken. Wir sind gleich alt, deine Schwester und ich. Bei meinem ersten Besuch in Mailand waren wir beide gerade sechzehn geworden. Deine Schwester leitete allerdings schon alle offiziellen Agenden der Familie, weil sie als einzige gut Italienisch sprach.

Es war die erste Reise, die ich ganz allein unternahm. Ich fuhr zu einer jungen Familie, die mein Vater im Vorjahr in einer Winternacht kurz vor Silvester von der Straße aufgelesen hatte, weil sie kein Hotelzimmer fanden. Sie kamen aus Mantua. Er ließ sie am Küchentisch Platz nehmen. Sprich mit ihnen, sagte er zu mir, du kannst doch Italienisch. (Ich lernte es seit zwei Monaten im Freigegenstand.) Die drei, ein Paar und ihre dreijährige Tochter, verbrachten den Silvesterabend mit uns, tranken Sekt, tanzten Walzer. Ich erzählte dir von meinem Plan, zu dieser Familie zu reisen, und du hast beiläufig gesagt, besuch doch auch meine Mutter. Aus Neugier, aber auch, weil mir bewusst war, du konntest nicht zu ihr, in Vertretung sozusagen, damit sie eine Person zu Gesicht bekommt, die direkt von ihrem Sohn weiß, von dort, wo er jetzt

lebt, als deine Abgesandte, habe ich es tatsächlich getan. Bevor Österreich zu den Schengen-Ländern gehörte, warst du ja – trotz mühsam ergattertem Studentenvisum – neuerlich eingesperrt. Erschrocken bin ich, als ich deiner Mutter in der Tür ihrer Wohnung begegnete. Eure ungeheure Ähnlichkeit hat mich überrumpelt. Ich stand einer gealterten weiblichen Version von dir gegenüber.
Ich vermute, sie würde es nicht gutheißen, dass ich dir so ausführlich schreibe. Eine kleine Notiz vielleicht. Eine Postkarte. Mittlerweile aber kann ich es jedes Mal kaum erwarten, mich wieder hinzusetzen. Offenbar bin ich süchtig danach, dir mein Herz auszuschütten. Vielleicht hätte ich das immer schon gern getan, und hab nur früher nie gewusst, wie.

Ich sah einen Donnervogel am Himmel, wie eine Wolke stieg er auf, segelte über uns, in weiten Kreisen zog er zu den Bergen hin. Es war – sein Gesicht war verzerrt, sein Mund war Feuer und der Atem. Und da war ein Mann, seltsam geformt, stand da, band seine Flügel zusammen, ergriff meinen Arm, dann warf er ihn vor mir nieder. Fürchten wirst du ihn, so leid es mir tut, fürchten und Mehl streuen am Fuße des Berges. Möge es dir Glück bringen. (März 1993)

Uppsala, 25. August 2007

Komischer Glaube, dessen Symbol ein toter Mann auf einem Kreuz ist, hast du einmal zu mir gesagt. Es war, als wir zum ersten Mal mit dem Auto von Tirana bis Österreich gefahren sind. Bei der Raststätte Eisentratten haben wir eine Pause gemacht, sind ausgestiegen, und da hast du auf ein Gipfelkreuz gezeigt, auf einen der Gipfel, die man da rundum sieht. Komischer Glaube, dessen Symbol ein alter Mann mit Bart ist, der durch die Wüste läuft, habe ich dir geantwortet, und du hast sofort, aber das ist ja derselbe!, gerufen, und hast laut gelacht, weil du Atheist warst. Bist? Nicht einmal an dich selbst geglaubt hast. Ich bin ein „X", hast du zu dem Beamten gesagt, der dir das Visum ausstellte und fragte, welches Religionsbekenntnis er eintragen solle. Ein „X"? Ja genau, ich habe die Gleichung noch nicht gelöst, die ich darstelle, weiß noch nicht, welches Ergebnis auf der anderen Seite des Gleichzeichens herauskommt. Sogar die Beamten der Visaabteilung hast du zum Schmunzeln gebracht.

In der Zeitung lese ich, dass im letzten Jahr nicht einmal siebentausend Leute eingebürgert worden sind in Österreich. Mir kommt das wenig vor, anderen viel. Wer hat jetzt recht? Mit solchen Zahlen kann keiner recht haben. Obwohl Zahlen immer stimmen müssten; dafür sind sie gemacht. Dass sie das überhaupt erwähnen, in einer schwedischen Zeitung.

Immer steht ein halb ausgepackter Koffer in meinem Schlafzimmer, seit du weg bist. Auch wenn ich zuhause bin, in Genua. Du hast einmal gesagt, es gäbe grundsätzlich zwei Sorten Menschen. Die einen packen ihre Koffer sofort aus, wenn sie von einer Reise zurückkommen; die anderen hätten einen vollen Koffer bereit, auch wenn sie gar nicht vorhatten wegzufahren. Du wirst staunen, dass ich Genua zuhause nenne. Tatsächlich habe ich dort das Gefühl, daheim zu sein, also mir nicht ständig überlegen zu müssen, was ich hier eigentlich mache. In Genua wache ich auf, frühstücke spät, blättere ein bisschen in wissenschaftlichen Zeitschriften, bevor ich mich in den Stau stelle und zum Institut fahre. Als ich dort zu arbeiten angefangen habe, hat mich der tägliche Stau arg genervt. Inzwischen hab ich mich an ihn gewöhnt und genieße ihn. Wenn niemand mitfährt, höre ich laut Musik, trommle mit den Händen aufs Lenkrad. In den Wagen neben mir sehe ich manchmal hinter geschlossenen Scheiben jemanden den Mund aufreißen, verziehen, den Oberkörper verrenken. Sie singen. Gewöhnt man sich wirklich an alles? Lieber bin ich selber Ausländer, anstatt in einem Land, das semipermeable Grenzen hat, nur Reiche hereinlässt, Einheimischer zu sein. Mache ich es mir damit zu leicht?
Zu den „Opfern“ zu gehören, enthebt einen in gewisser Hinsicht der Verantwortung. Würde ich „heim“ ziehen, nach Österreich, wenn die Grenzen ganz offen wären? Oder wäre es dann wie früher, als du und deine albanischen Freunde die Nachmittage in unse-

rem Wohnzimmer verbracht habt, und ich oft gehofft habe, ihr wärt nicht da, wenn ich von der Uni kam, damit ich einmal in Ruhe meine Seminararbeiten schreiben könnte? Erst rückblickend sehne ich mich danach, wieder einmal überraschend das Wohnzimmer voll fremder rauchender Männer vorzufinden, die laut lachen und an Feiertagen ernsthaft erwägen, Fische aus dem Teich des Bauern zu stehlen und in meinem Badezimmer zu entschuppen.

Ein totes Schaf musste am Donnerstag aus einer Wohnung in Wien abtransportiert werden. Das steht in der Internetversion der „Presse". Musste? Zwei Männer russischer Herkunft hatten ihm dort in der Badewanne die Kehle durchgeschnitten, so die Meldung weiter, um nach dem Tod ihrer Mutter die traditionelle Schächtung durchzuführen. Das Fleisch sollte verschenkt werden. Wurde aber, nachdem die Nachbarn die Polizei gerufen hatten, von der Tierkörperverwertung abgeholt. Ja, du ahnst es, ich esse nach wie vor nur Fisch. Zu Ehren der russischen Mutter hätte ich dieses Schaf aber glatt verspeist.

Ich versuche, mir vorzustellen, wie du jetzt ausschaust. Ob du graue Haare hast? Mittlerweile bist du achtunddreißig. Ständig kommt mir so ein Reiher in den Sinn. Wie sie hier oft überrascht in der Wiese stehen, neben dem Kanal vor dem Hotel, als wären sie gerade vom Himmel gefallen, und keiner hätte ihnen eine Decke um die Reiherschultern gelegt.

Ich möchte das Gefühl dafür bekommen, ein Gefühl für seine Seele. Sie aber regen sich über die Unordnung im Garten auf. (Jänner 1993)

In einem der in parallelen Reihen einander gegenüberstehenden Hochhäuser haben wir gewohnt, in der Straße, die zum neuen Universitätsgebäude führte. Einmal bist du versehentlich in die Wohnung eines Unbekannten eingedrungen. Weil in diesen Häusern alles so gleich ausschaut. Es war anders als bei uns und doch fast identisch. Die Bewohner haben dich nicht einmal bemerkt. Du bist leise gewesen.
Märzenbecher haben geblüht an einem dieser Tage, auf der Wiese vor den Wohnblocks, im Scheinwerferlicht zum Rhythmus des Schlagzeugs aus den Lautsprechern. Dein roter Wagen stand mit offenen Türen auf dem Parkplatz. Ein Fest wurde gefeiert. Wir haben Kerzen angezündet im Gras. Die bösartig blickenden Masken sind in ihre Löcher zurückgekehrt, mit ihnen die Kapitäne der Kriegsschiffe. Keiner von uns rührte sich, aus Angst, die Flämmchen würden verlöschen. Wir haben uns angeschaut, haben nicht gelacht. Dachten: das könnte es sein.

Wir müssten, höflich ausgedrückt, sagen: geht zum Teufel, denke ich. Und wie können diese Leute in diesem fünften et cetera Jahr des Krieges dieses alte Et cetera auf dem Sockel lassen? (März 1993)

Uppsala, 26. August 2007

Damals fürchtete ich mich vor fast nichts, außer dem Zahnarzt, jetzt fürchte ich ab und zu fast alles, außer dem Zahnarzt. Erinnerst du dich an unseren Zahnarzt? Er hat dir die Rechnung erlassen, weil du nicht versichert warst. *Groß* hieß er, glaube ich, obwohl er eher klein war, von Statur. Nein, Goldzahn hat er dir keinen gemacht, das hättest du wohl gerne gehabt. Putzt du dir die Zähne eigentlich noch immer so selten? Wo lässt du jetzt deine Wurzelbehandlungen machen? Bevor ich dich kennen lernte, hatte mir eine Freundin geraten, mich nur mit Männern mit guten Zähnen einzulassen. Ich müsste ihnen zuallererst auf die Zähne schauen, hat sie zu mir gesagt. Sie ist ein paar Jahre älter gewesen als ich, achtzehn vielleicht. Ich hab sie dir nie vorgestellt. Du hast ziemlich schlechte Zähne gehabt.

Eine Bernsteinkette um den Hals sei gut für die Zähne, hat mir erst kürzlich dein ehemaliger Freund, *Mr. Dyrnjaja*, gesagt. Wir nannten ihn immer so, nie beim Vornamen. Habt ihr euch noch immer nicht versöhnt? Mit seiner englischen Gattin hat er jetzt eine kleine Tochter, der wachsen gerade die Milchzähne. Hat er dir gegenüber jemals erwähnt, dass seine Frau denselben Vornamen hat wie ich? Auch sonst haben wir manches gemeinsam. Nur ist sie dunkel, ihre Mutter stammt ursprünglich von einer karibischen Insel. Ich bin noch immer sehr blass.

Zuerst haben wir englisch miteinander geredet. *Brush your teeth; otherwise they will rot away before you're twenty-five.* Auf Deutsch konntest du nur sagen, dass dein Opa reden kann wie ein echter Wiener. Das hast du recht deutlich gesagt. Langsam habe ich im Englischen einen eigenartigen Akzent bekommen, von dir übernommen. Ich schlug vor, ins Deutsche zu wechseln. Ins Österreichische! Das würde deinen Großvater freuen, hast du gemeint, dass sein Enkel endlich doch noch die Sprache des Opas lernt, hast ihn gleich angerufen, ihm die Neuigkeit zu verkünden. Ab jetzt spreche ich Österreichisch!, hast du in den Hörer hineingeschrien. Den Satz haben wir vorher geübt.
Wenn man sich in einer Sprache kennen lernt und plötzlich in eine andere wechselt, ist das immer eigenartig. Holprig und unecht klingt es, als spräche da plötzlich ein Anderer, ein Unbekannter, der sich in dem vertraut gewordenen Menschen versteckt gehalten hat. Sogar die Stimme klingt anders. Deine hat mir auf Albanisch immer am besten gefallen. Über meine hast du dich lustig gemacht. Wie ein Kind würde ich reden, als wär ich ganz jung. Kommt dir meine Stimme verändert vor? Vielleicht ändern sich Stimmen gar nicht mehr besonders, wenn man älter wird. Deine Telefonstimme hat nicht verändert geklungen. Schade, so werde ich, bis ich alt bin, mit dieser Kinderstimme reden müssen.
Verlegen und schweigsam hat uns der Sprachwechsel gemacht. Die Unbefangenheit war weg. Schlagartig ist

mir alles Gesagte so unmittelbar vorgekommen, als wiege es schwerer, verpflichte mich zu etwas. Auf Englisch ging mir leicht über die Lippen, was ich auf Deutsch nie gesagt habe. Ich liebe dich, hast du mir immer abzwingen wollen, am Telefon, besonders wenn andere in der Nähe standen. Jetzt sag's schon, sag es einfach, hast du gedrängt. Ich hab es nie gesagt. Nicht einmal, wenn keine anderen dabei waren. Völlig unzureichend ist es mir vorgekommen, als hätte ich es irgendwo kopiert. Künstlich, wie ein Blumenstrauß aus Plastik. Den hätte ich dir doch auch nie gekauft. *Të dua* hingegen hat genau gepasst.
Schließlich hast du so reden gelernt, dass du sogar meine Großmutter verstanden hast. *Desiachtmio*, hast du eines Tages zu ihr gesagt, und sie hat dich zuerst gar nicht begriffen, hat das Wort für ein albanisches gehalten. Oder sagt man *desiagtmio*?, hast du gefragt.

Der Traum bleibt, auch wenn die Bäume sterben, nicht Liebe ist es, aber Liebe fließt daraus & Augen sind dort, wo Liebe ist. Kein Schwimmer, kein Delphin schneller in der Bewegung, nicht der geflügelte Fisch, wenn er herauskommt an die Luft, lebender Pfeil in blauem Flug. Ihre Bettpfosten waren aus Saphir, denn dieser Stein gibt Schlaf. (April 1993)

Du hättest oft und gern im Bett deiner Großmutter geschlafen, hast du mir erzählt, bevor wir beide zum ersten Mal in einem Bett schliefen. Bis du sechzehn warst und nicht mehr durftest, schlichst du dich immer wieder zu ihr. Erst am Abend deines sechzehnten Geburtstags hat sie dich endgültig hinausgeschmissen. Da ist nichts dabei, hast du betont, es sei üblich bei euch, sich mit Verwandten ein Bett zu teilen. Ihr wärt nicht so pervers wie wir.

Es war Sommer, aber es regnete. Von deiner Mutter in Mailand hatte ich ein Geschenk für dich bekommen, einen gestreiften Schlafanzug. Er war noch originalverpackt, in Plastikfolie mit italienischen Aufschriften. Ohne mich anzukündigen, klopfte ich an die Tür deines Zimmers. Die Pension, in der du untergebracht warst, lag an einer Allee, ein schmuckes Haus in einem verwilderten Garten. Kein besonders schönes Zimmer, aber mit reinweißem Bettzeug, das rote Blutspuren bekam. Wir haben gelacht deswegen, immer wieder gelacht, du hast gesagt, du hättest darüber gelesen, das sei ganz normal, ein bisschen Blut, beim ersten Mal. Es war aber gar nicht das erste Mal. Mit Fingern, das zählt nicht, hast du gesagt. Getrunken haben wir nur Wasser.
Danach fieberte ich. Es kann nicht daran liegen, hast du gesagt, so was hättest du noch nie gehört, unerklärlich das Fieber. Ich wollte dessen ungeachtet nicht länger im Bett bleiben, bin aufgestanden, sobald es hell wurde. Du warst schon munter, bist im Bad gewesen, hast mich in Verlegenheit gebracht mit deiner Unterwäsche. Jemanden nackt zu sehen, war mir fast gleich. Aber jemanden in der Unterwäsche zu sehen, das war

mir peinlich. Der gestreifte Pyjama lag originalverpackt auf dem Teppichboden. Auf der Allee draußen, in der Luft, ist mir schwindlig geworden. Du bist ganz heiß, hast du gesagt, du musst dich hinlegen. Ohne etwas zu sagen, sind wir doch ein bisschen spazieren gegangen. Langsam ist mir besser geworden. Ich habe mir überlegt, ob das jetzt nicht zu früh passiert war, weil ich mir vorgenommen hatte, bis zum achtzehnten Geburtstag damit zu warten, und bis dahin fehlten noch knapp zwei Jahre. Das hab ich dir nie erzählt, und nun wirst du wissen wollen, wie ich jetzt darüber denke, im Nachhinein. Das brauche ich dir aber nicht auf die Nase zu binden, *zemra ime*. Zumindest nicht brieflich.

Wenn du bist, wo du eigentlich schon immer sein wolltest, sogar wenn du das Gegenteil behauptet hast, wenn du jetzt also in Tirana bist, siehst du im Stadtzentrum, hinter dem Kinderspielplatz, eine Pyramide, Denkmal der immerwährenden Macht des Diktators, ein riesiger Metallpalast mit roten Ecken. Im Sommer polieren unzählige Kinderhintern ihre Seiten blank, Dutzende Meter lange Rutschbahnen. So war es schon, als wir unsere ersten Ferien miteinander verbrachten. Nur der Park rundum ändert sich, reflektiert die Laune der Bewohner der Stadt, *populli*, wie du sie nennst, das „Volk".

Hart warst du, wenn es um Albanien ging. Besonders, wenn du mit jemandem sprachst, der es nicht kannte, hast du kein gutes Haar an dem Land gelassen. Einzeln hättest du seinen Bewohnern diese guten Haare ausgerissen, wenn du gekonnt hättest. Wem du da etwas heimzahlen wolltest, mit deiner geografischen Abneigung, ist mir ein Rätsel geblieben. Schließlich haben deine Spitzen nur dich selber getroffen, und du konntest doch nichts dafür, nicht mehr als ein anderer, der auch zufällig dort geboren ist. Bumerangartig kamen sie zurück, durchlöcherten dir das Hirn, besonders in der Nacht, glaube ich. Vielleicht hast du deshalb nächtelang ferngesehen, waren die Flimmerbilder ein Schirm, den du dir im Kopf aufspanntest, dich vor deinen eigenen Geschossen in Sicherheit zu bringen?

„Das ist Teil des Risikos und kann passieren, ungefähr zweimal pro Jahr vielleicht, da überlebt einer die Operation nicht, Amputation ohne Betäubung, nicht jedermanns Sache, klarerweise. Uns bleibt keine Wahl, ohne Messer sterben sie auch", sagte Doktor Spahiu, meinte seine eigene kleine Ordination, wenn er sagte, zwei Mann im Jahr. „Ich erlitt", sagte er, „selbst eine Verbrennung, die mich sechs Monate Rehabilitation kostete. Reich werden hier viele, und warum nicht. Auch ich habe Söhne, Töchter, Seminare im Ausland, jemand findet immer Mittel. Und Sie haben eine Vergiftung, liebste Freundin, hier der Pfefferminztee, ein hart gekochtes Ei mit Origano, eine Banane, wenn Sie eine finden, mehr kann ich Ihnen nicht bieten." Doktor Spahiu drückte mir die Hand, sagte: „Sie haben eine starke Gesundheit, morgen komme ich wieder."

Wir haben ihn kennen gelernt, weil ich mich weigerte, in das Spital mit den vergitterten Fenstern zu gehen. Wir waren in den Süden gefahren, ans Meer. Eis hatte ich unbedingt essen wollen und jetzt lag ich mit Lebensmittelvergiftung im Hotelzimmer und schleppte mich mit Müh und Not alle halbe Stunde aufs Klo. Ein paar Stunden später war mir nur mehr übel. Doktor Spahiu kam. Eine Spritze habe ich auf jeden Fall, sollten Sie das wollen, sagte er. Ich wollte es ganz bestimmt nicht. Doktor Spahiu drückte meine Hand, drückte mir die Finger an die Halsschlagader, zählte die Pulsschläge, sagte *mirë, mirë,* gut, gut, und „bitte, wenn Sie nach Hause kommen, ein Elektrokardiogramm würd ich mir wünschen, das Papier, um die Kurven auszudrucken, hätte ich schon, vom letzten Jahr, eine Sendung aus New York, ein verstorbener Herzchirurg, bin kein Chirurg, kein solcher, dennoch, ein derartiges Gerät wäre dienlich, sehr sogar. Joghurt sollte sie essen, sagte er. Sie finden es am Markt im Stadtzentrum, auch Bananen.“ Ich wollte nur Wasser. Du hast es in Flaschen gekauft, weil du den Rohrleitungen des Hotels nicht vertrautest. Hast mir beigebracht, mich absichtlich zu übergeben, hast mir deinen Mittelfinger dafür geborgt.

Das Land dort unten in schwarzer Dunkelheit, in schwarzer Dunkelheit die Stadt dort unten, die letzten Krümel der Zivilisation. (Oktober 1993)

Ich hatte dein Land ins Herz geschlossen, wie einen Herzschrittmacher. Seither klopft er mir den Puls. Und ja, erinnerst du dich, es ist mir gelungen, dieses EKG aufzutreiben. Ein Salzburger Arzt hat es uns spendiert. Er kaufte sich ein neues. Weiß der Himmel, wie ich das angestellt habe. Und warum sollte nur der Himmel etwas wissen? Weiß das Gras, das Feld, der Wald. Einer nach dem anderen wurde langsam kalt, und das Gerät befand sich nach drei Jahren noch immer beim Zoll, zur Kontrolle. Es wird Rost angesetzt haben. Staub wird auf der Digitalanzeige liegen. Doch die Banane hat gewirkt. Ich lebe noch immer. Gleichermaßen empfehle ich bei Vergiftungen: Ei mit Origano, warme Händedrücke. Schön wäre ein Zimmer mit Bad. Unsere Ansichtskarte hat er hingegen sehr wohl bekommen, der Herr Doktor Spahiu.

Und trotz dieser Barbarei eine Art zwergenhafte Morgenröte, Grashalme knotend, eine Butterblume mit ausgefransten Blütenblättern. Das Paradies ist nicht künstlich, l'inferno nemmeno. Ich hatte Mitleid mit den anderen, vielleicht nicht genug und bloß, wenn es meinem eigenen Interesse diente? (Mai 1993)

Wohin es die Leute verschlägt, hast du oft gesagt. Auf der Flucht vor dem Regime verschlug es deinen Großvater unter anderem nach Schweden. Dem Druck seiner eigenen Freunde nachgebend, den Parteigenossen, mit denen er „das neue Albanien" baute, musste er, der ehemalige Partisanenführer, flammender Vorfechter

des Kommunismus, Spion für das Vaterland, ebendieses verlassen. Für verschiedene Geheimdienste hat er gearbeitet, meist gleichzeitig. Er war in Ungnade gefallen und sollte verhaftet werden. Das war Anfang der fünfziger Jahre. Er floh nach Österreich und von dort aus nach Schweden.
Jetzt hat es mich ausgerechnet in die Stadt *verschlagen*, in der er sieben Jahre seines Lebens verbrachte. Gäbe es einen geeigneteren Ort, dir zu schreiben?

Am Ende des Krieges trat der Diktator an die Spitze der Regierung und ließ eine Republik ausrufen. In den folgenden Jahren entledigte er sich nach und nach seiner engeren Freunde und Mitarbeiter. Poveri diavoli sent to the slaughter. Unter Tamburinklängen aßen sie Erde. Der Preis der Währung änderte sich, einzig zum Vergnügen eines Wucherers. Ihm blieb nur, ihnen den Weg freizumachen, für ihre Interpretation der Idee, zuzuschauen den Verdrehungen und Verwechslungen. (Juli 1993)

Die halbe Nacht bin ich mit offenen Augen dagelegen und habe zum Fenster hinausgestarrt. Es wird ja schon so bald hell hier. Die Frühmesse beginnt um fünf Uhr fünfundvierzig, steht auf dem Whiteboard in der Entreehalle. Ingeborg, so heißt die Teilzeitnonne, die mich empfangen hat, schaut mich jedes Mal durchdringend an, wenn ich vorbeigehe, als wüsste sie, dass ich nicht protestantisch bin, nicht einmal mehr katholisch. Den Zimmerschlüssel gibt sie mir trotzdem. Vorhin habe ich ein bisschen Klavier gespielt. Am Gang steht eins. Eigentlich kann man es kaum Klavierspielen nennen, ich drücke Tasten in beliebiger Reihenfolge. Es ist ein modernes Kloster. Nonnen und Mönche gibt es nur auf den alten Fotos, die im Gang hängen, im Übrigen zahlende Gäste, eine Bibliothek mit Kronleuchtern, alten Gemälden von Priestern und runden Tischen, Bordüresessel mit Goldrand. Ich bleibe fünf Nächte lang, für den Zeitraum danach war nichts mehr frei. Morgen muss ich umziehen. Ins Grand Hotel werde ich ziehen, das liegt nicht am Kanal, sondern am Fluss. Nett sei es hier, habe ich zu Ingeborg gesagt, als ich angekommen bin, und dann entdeckte ich, dass man zum Schlafen das Fenster schließen muss, weil die Kühlanlagen vom Nebengebäude so laut sind. Da ist es mir gleich bedeutend weniger nett vorgekommen, und was ich zu ihr gesagt habe, war gelogen. Und das in geweihten Mauern!

In die Kirche, den Dom, gingen wir beide manchmal zu Weihnachten, durch den Schnee, weil wir gern sangen, welchen Text, machte uns wenig aus. Die Akustik war gut im Dom, es gab die Orgel, manchmal ein Orchester. Bevor du nach Österreich kamst, warst du noch nie in einer Kirche gewesen. Jemand sagte, man dürfe sich in der Kirche nicht küssen, im Haus, wo Gott wohnt. Ich habe dir gesagt, gerade dort.

Gott ist ein Voyeur, er sieht das gerne, ist doch immer allein oder unter Männern.

Gott ist eine Rose, hast du gesagt, eine Knospe im Orangenbaum.

Ich erfuhr, wie es geschehen war, und es kostete einige Mühe, dann schien der Wirrwarr doch kein Ende zu nehmen, und alles wurde wieder ausgeladen. Sobald die Weihnachtsfeiern vorüber sind, werde ich den steinernen Flur der Sakristei auslegen lassen, die Felsen sind schon zugeschnitten, und auf eure Rechnung werden sie auch den neuen Kronleuchter bringen. Die Märtyrerkapelle verlangt nach neuen Fliesen, die starken Fröste der letzten Jahre haben Spalten verursacht, und man hat Schwierigkeiten mit den Maßen des Rahmens für die Säulen und Bogengänge. Auf jeden Fall werden die Treppenstufen zu deinem Zimmer neu ausgelegt: grün-weiße Fliesen. (August 1993)

Uppsala, Grand Hotel, 27. August 2007

Macja është jeshile, die Katze ist grün, war der erste Satz, den ich in deiner Sprache gesagt habe. Kannst du dich an deinen ersten deutschen Satz erinnern? Man müsste sich die ersten Sätze aufschreiben, die man in neuen Sprachen sagt. Hätten Sie bitte eine Telefonkarte für mich. Wo ist der Bahnhof. Erste Sätze sind meist Fragen. Außer in Büchern. Wer Bücher schreibt, hofft Antworten zu geben, zu finden, Aussagen zu treffen. Leser lesen (manchmal), um Anker zu finden. Als wären sie Boote auf einer Wörtermasse, die ankerlos untergehen, wenn Sturm aufzieht. Die Ruder vergessen, im Bootshaus, es hat doch so schön ausgeschaut, so stabil, das Wetter. Dass Katzen grün sind, ist ein guter Anker. Darauf kann man sich verlassen, sogar als Leser. Ich selber schreibe lieber Briefe, wie du weißt. Da weiß ich, wer gemeint ist und ob er etwas gefragt hat.

Der zweite Sprachwechsel stellte kein Hindernis dar. Vielmehr war da etwas gewachsen, in das wir leichterdings hineinschlüpften. Langsam wurde das Albanische zu unserer Alltagssprache. Eine Geheimsprache, die uns erlaubte, im Bus ungestört über den fettleibigen Alten zu reden, der dir auf die Zehen gestiegen war, mich angerempelt hatte, in die Rippen geboxt, sich aber nicht entschuldigte, sondern schimpfte, dass die heutige Jugend keine Manieren habe.

In gewisser Hinsicht haben wir in Österreich gelebt, als wäre es Albanien. Mir war das ganz recht. Im Grunde wollte ich ja emigrieren, plante es eigentlich schon seit ich vierzehn war, hätte es vielleicht getan, wenn du nicht gewesen wärst. Und vor allem: wenn ich gewusst hätte, wohin.

Zu Silvester gab es jedes Mal wieder Truthahn, den ich mich weigerte aufzuschneiden, ich aß keine Vögel. Wochenlang luden wir zahlreiche Leute ein, die alle zusagten und auch alle kamen, heilfroh, dass wir ihnen die leidige Sorge abnahmen, was tun am 31. Dezember. Ich freute mich, fühlte mich geehrt. Manche kamen sogar extra angereist, aus Luxemburg oder Südtirol. Nur, wenn es soweit war, hätte ich die Gäste am liebsten alle wieder ausgeladen, mich den ganzen Tag im Bett verkrochen und wäre erst am 2. Jänner wieder aufgestanden. Natürlich fand die Feier jedes Mal statt. Gegen zwei hast du meinen besten Freundinnen deine tiefe platonische Liebe erklärt, gegen drei war dir regelmäßig ganz schön schlecht. Im Morgengrauen schliefen zwölf Freunde auf dem Fußboden, ziemlich eng aneinandergedrückt. Die Wohnung hatte nur zwei Zimmer. Eins davon haben wir ab und zu untervermietet. Einmal an eine Studentin, die immer Brotkrumen in den Mundwinkeln kleben hatte. Du hast dich sogar halbwegs mit ihr angefreundet. Mir hat vor ihr gegraust.

Ein bisschen leid tut es mir mittlerweile, dass ich damals so sparsam war, als wäre Sparsamkeit ein Sport. Dass wir das Zimmer auch noch vermietet haben, obwohl die Wohnung schon für uns beide zu klein war. Dass ich dir im Urlaub bloß hundert Schilling pro Tag auszugeben gestattet habe, weil ich immer befürchtete, wir müssten die Reise aus Geldmangel vorzeitig abbrechen, wenn wir nicht von Anfang an sparten. Vielleicht ist nur sparsam, wer meint, es könne ihm nichts passieren. Du wusstest, es kann passieren, und hast es mir beigebracht. Am 1. Jänner sind wir oft Schlittenfahren gegangen. Einmal stand bald in der Früh jemand in der Küche, ich kannte ihn nur flüchtig, er wusch das Geschirr.

Manches habe ich versäumt, dir beizubringen. Das tut mir jetzt leid. Man meint, großzügig zu sein, wenn man andere in Ruhe lässt. Behält das seine für sich, stellt euch in eine Ecke, eine hübsche Ecke, mit Fauteuils sogar und einem Wasserspender zur Selbstbedienung. Wer Durst hat, stellt ein Glas darunter, drückt einen Knopf. Man hat euch gerettet, erwartet Dankbarkeit. Aber wie sollt ihr dankbar sein, wenn ihr später weiterzieht und merkt, wir haben euch die Jelinek vorenthalten? Oder: gar nichts von der Fellpuppe erzählt, in die Kokoschka sich notgedrungen verliebte, als Alma Mahler ihn verließ? Ein lebensechtes Modell der Angebeteten schwebte ihm vor. Die damit beauftragte Künstlerin hingegen lieferte ein furchtbares Wesen, mit dicken Knien und einem Gesicht wie ein Murmeltier. Vermutlich entsprach es haargenau den Beschreibungen des Malers. Nur hatte er nicht damit gerechnet, dass die Bildhauerin ihn so wörtlich nehmen würde. Die Haut weich und fest, zart und stark zugleich, wird er gesagt haben, und was ist sachter als das Fell eines Murmeltiers? Auch du wärst mir als Modell manchmal lieber gewesen, als *Idee* des Mannes, den ich gern gehabt hätte.

Sind wir euch gut gesonnen, machen wir euch zu Maskottchen unseres Altruismus. Maskottchen bringen Glück, werden verwöhnt, man kennt das von Stofftieren – ich für meinen Teil bewahre meine aus der Kinderzeit bis heute auf, einen Hasen mit rot-weiß getupftem Bauch und gelben Ohren, einen Teddybären, der brummt, wenn man ihn schief hält. Ab und zu streichle ich sie sogar noch, küsse sie auf die Stoffschnauzen. Wir bringen ihnen Glück, unseren Glücksbringern. Sie brauchen sich keine Sorgen mehr zu machen, werden versorgt. Aber Einfluss haben sie keinen. Es ist ein bisschen wie im Tiergarten. Da bewahrt man vom Aussterben bedrohte Spezies auf, füttert und wärmt sie. Wenn sie Nachkommen produzieren, ist der Direktor stolz und kommt ins Fernsehen. Aber dafür, dass sie nicht aussterben, werden sie zu Maskottchen. Jagen darf da kein Tiger mehr. Nicht einmal ein Wolf. Man braucht schon Talent dafür, Maskottchen zu sein. Sonst macht es einen relativ unglücklich.

Mit dir habe ich das auch ein bisschen getan, du warst auch ein wenig mein Maskottchen, wie ich das deinige war. Wie du mich vorgestellt hast, bei dir zuhause, ich bin ja bald hingefahren. Diese unbändige Neugierde, wie du sie gemocht hast, hat sie dich zugleich abgestoßen. Das sei übertrieben, hast du gesagt, es scheine, ich wolle die Menschen fressen mit meinen Augen. Das täte man nicht, sie könnten vergiftet sein, die Menschen, schau nicht so genau, das ruiniert dir den Blick. Wie du mich also deiner Großmutter vorgestellt hast, den Großtanten, deinem Großvater Galip nicht zuletzt, da habe ich deinen Stolz gespürt. Den Stolz, etwas mitgebracht zu haben, ein Geschenk für die Daheimgebliebenen. Ein ganz nettes Geschenk, es konnte auch reden. Sie kann schon Albanisch, hast du gesagt, und dann durfte ich zehn Mal am Tag meinen Satz sagen: Die Katze ist grün, *Macja është jeshile.* Das soll nicht klingen, als wäre ich böse. Das bin ich nicht. Ganz im Gegenteil, ich habe es genossen. Der Satz ist einer meiner Lieblingssätze geworden. Ein Satz, der ein Leben zusammenfasst. Einer der besten Sätze, die ich jemals gesagt habe. Der beste erste Satz in einer neuen Sprache, ganz bestimmt. Deine Verwandten haben gelacht, mich geküsst, auf die Wangen, die Stirn, mir in die Backen gezwickt, ich sei so gesund und hätte so lange Beine. Der Tisch mit den aufgeschnittenen Wassermelonen wurde nie leer. Eins nach dem anderen trugen die Tanten neue Teller auf, gefüllt mit Essen. Eure Großzügigkeit, eure Gastfreundschaft, die müsste man in einen Tiergarten stecken, hinter Gitterstäben vor der anstürmenden Menge beschützen, mit einem überdimensionalen Schild davor: Vom Aussterben bedroht.

Auch bei euch hat sich viel geändert, in der Zwischenzeit, in den letzten siebzehn Jahren.

Gerade knurrt mir der Magen, dabei hab ich vorhin zu viel gegessen. Das sind also unsere Probleme heutzutage. Und eure sind es inzwischen auch, soweit ich gehört habe. Ihr seid reicher geworden, in gewisser Weise uns ähnlicher, womöglich, weil ihr uns so oft gesehen habt. Wer nichts zu verlieren hat, der lässt das Herz offen wie eine Tür, wirft den Schlüssel weg. Den braucht er gar nicht. Wer viel zu verlieren hat, sperrt sich ein. Zur Sicherheit, wenn einer hinein will, lässt man ihn eine Weile klopfen, späht durch den Spion, das kleine Glasloch in der Tür, legt die Türkette vor, wenn man öffnet; durch so einen schmalen Spalt passt kein Besucher hindurch. Vielleicht werden wir euch auch ähnlicher, wenn wir euch oft genug sehen.

Damit, dass du mich mitbrachtest, hat sich ein Ring geschlossen. Ein Familienring, der bei deiner Urgroßmutter begann. Aus ineinandergreifenden Händen, Armen, die sich umschlangen, war er gemacht, der Ring: Fleisch, überzogen von feuchter warmer Haut. Deine Urgroßmutter, Galips Mutter, war Wienerin, sein Vater Bürgermeister in Shtruga am Ohridsee. Dem See, der diese seltene Fischart hervorbringt, seit jeher von Feinschmeckern gesucht und mit Gold aufgewogen. Ein reicher Mann, der Vater deines Großvaters, er ging zum Studium ins Ausland, nach Wien.

Agronomie studierte er dort, um die Jahrhundertwende. Als er 1907 nach Albanien zurückkehrte, brachte er deine Urgroßmutter mit, eine Wienerin, Käthe hieß sie, und manchmal sang sie Lieder in ihrer Sprache. Daran konntest du dich noch gut erinnern, das hast du mir oft erzählt, sogar gesungen hast du, zusammen mit deinem Großvater.
Als er mich abholte im Hafen von Durrës, fühlte ich mich, als wäre ich nach der langen Reise wieder heimgekommen. Obwohl er Albanien seit dreißig Jahren nicht mehr verlassen hatte, sprach er fließend Deutsch, nein, nicht Deutsch, Wienerisch redete er, du hast recht gehabt. Dreißig Stunden bin ich damals auf dem Schiff gewesen. Du kamst mit dem Flugzeug. Das Schiff hatte zwei Tage Verspätung, die ich teils wartend im Hafen von Triest verbrachte, teils in einer Jugendherberge, die ich mir gezwungenermaßen suchte, als es am Hafen zu kalt wurde. Unterwegs auf dem Schiff sprachen mich Fremde an, Männer vor allem. Ich setzte mir eine ausgebleichte Baseballkappe auf, in der Hoffnung, sie würde mich unsichtbar machen. Nach zwanzig Stunden dachte ich mir Geschichten aus. Ich sei als Neunjährige verheiratet worden und hätte schon vier Kinder und einen bärtigen Mann mit einer Kalaschnikow im Garderobekasten.
Am Abend in Tirana haben wir Walzer getanzt und Rock 'n' Roll. Dein Großvater hat gar nicht mehr aufhören wollen. Ganz erstaunt bin ich darüber gewesen, meine Großeltern hatte ich noch nie tanzen gesehen.

Und ganz bestimmt nicht Rock 'n' Roll. Später hat dein Vater sein Akkordeon geholt. *Trink, trink Brüderlein trink,* habt ihr gesungen, *Ciao bella, ciao* und sehnsüchtige albanische Volkslieder aus Korça.

Mammina, wie du deine Urgroßmutter Käthe nanntest, hat ihren österreichischen Pass weggegeben, eingetauscht gegen ein Leben im Süden. Sie hatte einen guten Fang gemacht, einen reichen Mann geheiratet. Sogar ihre Verwandten in Wien gaben das zu. Der gute Fang starb am 4. Februar 1944. Eine ganze Nacht lang wurden die Demokraten der Stadt hingerichtet, die Leichen lagen am Morgen auf den Straßen. Von da an blieb Käthe keine Wahl. Nach dem Tod ihres Mannes behielt sie nur ein kleines Zimmer für sich. Möbel aus Eichenholz: ein Bett, ein Kasten, ein Sessel. Über dem Waschtisch ein Bild der Alpen. Das Bild hast du noch gesehen, als kleiner Bub. Deutsch hast du dir nicht beibringen lassen von ihr. Dazu warst du zu faul. (Hast du selber gesagt.) Sie habe einen ähnlichen Akzent gehabt wie ich, sagte deine andere Großmutter, Bibika, als sie Bohnen schnitt, am Küchentisch, mir beibrachte, was noch alles grün sein kann außer Katzen: Gurken, Spinat, Okra. *Kastravec, spinaq, bamje.*
Käthe hatte auf ihre österreichische Staatsbürgerschaft verzichtet, und nun war sie an dieses Land gebunden. Ein Land, in dem die Zitronen blühen. Erst, als ihr klar wurde, dass du, wäre sie Österreicherin geblieben, auch den richtigen Pass gehabt hättest, um

„grenzenlos“ zu sein, hat es ihr leid getan. Sie soll eine zufriedene Frau gewesen sein. Zum Geburtstag wünschte sie sich immer einen Krug Bier. In welcher Wiener Straße sie wohl aufgewachsen ist? Deine Mutter trägt jetzt ihren Namen. Wie du den deines Großvaters.

Wenn ich dich nicht retten kann, will ich zumindest allen von dir erzählen. Im Paradies isst keiner Paradeiser, alle Granatäpfel. Weißt du noch, der Bub damals, als wir nach Gjirokastra fuhren? Wir haben angehalten, ihn nach dem Weg gefragt. Geradeaus hat er gewiesen, mit gestrecktem Arm, und mir den Granatapfel durchs Fenster hereingereicht. *Për ty*, hat er gesagt und mich angeschaut. Ich habe ihn in die Hand genommen, meinen ersten Granatapfel. Ausnahmsweise warst du nicht gleich eifersüchtig, weil der Bub auch mich angeschaut hat. Wo hätte er denn sonst hinschauen sollen. Man sollte nicht so streng sein mit den Blicken der Leute, sie ihnen nicht so schwer anrechnen. Aus Angst vor dem, was sie sehen könnten, trauen sie sich sowieso schon kaum mehr, richtig zu schauen. Als wir am ausgestreckten Arm des Buben entlang weiterfuhren, in die Richtung, in der alles liegt, was nicht in Tirana ist, geradeaus, haben wir ausnahmsweise nicht gestritten, nicht sinnlos ein bisschen herumgeschrien. Du hast die Frucht auseinandergebrochen, von den kleinen roten Diamanten geredet, die drinnen sind, hast sie mir in den Mund gesteckt.

Uppsala, Grand Hotel, 28. August 2007

Jetzt bin ich also im Grand Hotel, seit gestern. Das Kloster ist mir, im Nachhinein gesehen, lieber gewesen. Eigenartigerweise schafft man es selten, Örtlichkeiten gut auszunützen. Oder täusche ich mich da? Nützt du mittlerweile alles gut aus? Heute Nacht habe ich geträumt, dicke dunkle Augenbrauen zu haben, über der Nasenwurzel zusammengewachsen zu einem einzigen buschigen Bogen. Der erste Gedanke vor dem Traumspiegel: Ich muss sie in der Mitte rasieren.

Früher schliefen wir natürlich nie in Grand Hotels. In Paris haben wir einmal im Hotel *Wien* geschlafen. In Paris, wo du immer hinwolltest, von den ersten Sätzen an. Wien in Paris war es also. Mehr konnten wir uns nicht leisten. Ich hatte dich hingeschmuggelt, in der Eisenbahn. Offiziell wäre es nicht gegangen. Zwischen dir und Paris war eine für Behörden unüberwindliche Grenze. Mir hatte da niemand eine Grenze gesetzt. Dabei hätte es mich kaum gestört, nichts zog mich sonderlich nach Paris. Mittlerweile vielleicht. Damals nur du.

Im Flur vom *Wien* stand ein Bügelbrett mit einem Mann dahinter, einem Franzosen. Unsere Wäsche bügelte er nicht. Wir haben es allerdings auch nie verlangt. Das Hotel schien ihm zu gehören. Zumindest verwaltete er es. Unser Bad war faltbar, wie in einem Puppenhaus, hinter einer Tapetentür, ohne Brause oder Wanne, nur ein Becken. Du warst das gewöhnt vom Wohnen in Untermietzimmern, hast mir gezeigt, wie man sich brausen kann in einem Waschbecken. Das Wasser ist dann bis an die Bettfüße gestanden. Du hast ein paar Handtücher vor die Falttür des Badezimmers geschmissen, *tant pis* gesagt, das Wort hat dir gefallen (weil es französisch war). Weil ich fürchtete, das Geld würde uns nach vier Tagen ausgehen, wenn wir so weitermachten mit dem Ausgeben, sind wir auf den Campingplatz gezogen.

Auf der Wiese sind wir gelegen, ohne Zelt. Ein Zelt mussten wir trotzdem anmelden und uns in das dafür vorgesehene, an den Ecken markierte Rechteck auf den Boden legen. Wiese war es eigentlich schon keine mehr. Vom vielen Liegen der unter den Sternen nächtigenden Menschen war die Erde durchgekommen, der Sand. Nur ab und zu stach noch ein Grashalm aus dem Dreck hervor. Fast war mir leid um den Schlafsack. Jemand fragte, ob wir „Papers" hätten. Was, wofür, habe ich zurückgefragt, und mich dabei nicht einmal verstellt.

Am nächsten Tag riefen wir einen Freund deines Großvaters an, aus der Halle des Hauptbahnhofes, von einem Münztelefon. *Dollapi* hieß er. Das bedeutet Schrank. Du warst die ganze Reise lang bang, sie könnten dahinterkommen, dass du geschmuggelt warst, dir die Stadt nicht gehörte, du Paris nicht einmal geliehen hattest, sosehr dir daran lag, dass du es dir in der Auslage anschautest, durchs Glas, heimlich von der Ecke her, damit keiner was merkte. Ausflüchte um Ausflüchte hast du ersonnen, um deinen Ausweis nicht herzeigen zu müssen, im Hotel, am Campingplatz. Im Notfall verbrenne ich ihn, den Pass, schlucke ihn, spül ihn im Klo hinunter. Damit sie nicht wissen, wer ich bin, ich nicht in ihren Akten auftauche, beim nächsten Mal, sagtest du. Stell dir vor, sie würden mir Paris verbieten, sagtest du, das hielte ich nicht aus, da könnte ich gleich in die Seine springen. Deine Gedanken waren nahe am Wasser gebaut. Wozu diese Panik, sagte ich, woher?

In Schweden habe dein Großvater, der Sieger, eine Frau kennen gelernt, hast du mir erzählt, damals am Campingplatz in Paris, als wir schlaflos im Dreck lagen, dabei wartete zuhause deine Großmutter auf ihn, wartete und wusste gar nicht, ob er überhaupt jemals wieder heimkäme. Womöglich wisse deine Großmutter gar nichts von der Frau in Schweden, dein Opa habe es dir im Vertrauen erzählt. Dein Großvater ist ein gescheiter Mann. Herrn Schrank kennt er aus dem Krieg, dem zweiten. Da hat der Großvater ihm das Leben gerettet, und so möge Schrank uns jetzt Unterkunft gewähren, hast du gesagt. Der Mann war damals dem Regiment davon, weil seine Frau ein Kind bekam. Das Kind war seins, und er wollte es wenigstens einmal sehen, bevor er erschossen würde. So hat er es deinem Großvater erzählt. Schrank,

der Deserteur, verirrte sich auf der Suche nach der Grenze, denn auch er hatte die seine. Er verirrte sich in die Berge, fiel den Partisanen in die Hände. Sie hielten ihn für einen Feind, wollten ihn auf der Stelle exekutieren. Da griff dein Großvater ein, teilte eine Suppe mit ihm.
Wieder einmal wurde ab und zu einer gerettet. In einem Militärfahrzeug versteckt fuhr Schrank zu Frau und Sohn, bevor er zu seinen Truppen zurückkehrte – also doch kein Deserteur. Dein Großvater behauptet, die Suppe sei von den Eierstöcken einer Sau gezogen gewesen und daher habe die Frau des Schrank neun Monate später noch einen Sohn auf die Welt gebracht. Das bedeutete: man konnte sich auf ihn verlassen.

Verlässlich holte er uns vom Bahnhof des Vorortes ab, in dem er wohnte. Er besaß nun ein Haus mit Garten. Dort herrschte ein ziemlicher Gestank, der sich zwischen den Tulpen- und Ranunkelbeeten konzentrierte. Die Blumen blühten rosa. Unser Zimmer war im dritten Stock. Seine Gattin stellte uns Saft zu trinken hin und ging gleich wieder hinunter. Sobald Schrank uns im Garten vor seinem Haus aus dem Wagen steigen hatte lassen, hatte er sich ans Werk gemacht. Eine Leiter stand bereit. Er habe ein Problem mit der Kanalisation, entschuldigte er sich und verschwand neben den Blumenbeeten durch einen Kanaldeckel, den er halb zur Seite schob, unter dem Asphalt, der den Boden der Pariser Vorortsiedlung vollständig überzog,

nur ab und zu Erde frei ließ für ein Beet. Schon als er auf uns gewartet hatte, war Schrank im Kanal beschäftigt gewesen, teilte er von unten her mit. Etwas war verstopft. Er befürchte, oben im Haus würde das Klo überschwemmt, wenn er den Defekt nicht reparierte.
Den Rest des Nachmittages verbrachte Herr Schrank im Kanal. Der Gestank wurde nicht weniger. Man bat uns, die Toilette im zweiten Stock zu benützen, für diese gebe es einen anderen Abfluss. Abends führten sie uns zum Essen aus. Schrank setzte sich hinters Steuer seines Autos, drehte Musik auf, die Beatles waren es, glaube ich, er wollte uns gut unterhalten, fuhr uns in ein Einkaufszentrum. Dort gingen wir zu McDonald's. Hierher kämen sie immer, wenn sie Gäste hätten von daheim, sagte Schrank. Ich fühlte mich geehrt und nahm ein Eis als Nachspeise. Nicht einmal das Eis schmeckt normal bei McDonald's.
Als wir wieder zuhause waren, hob Herr Schrank noch einmal den Kanaldeckel, stieg in die Tiefe, um sofort wieder heraufzukommen. Das müsse er auf morgen verschieben. Auch Schrank und seine Frau benützten an diesem Abend das Gästebad im zweiten Stock. Langsam roch es auch im Wohnzimmer. Setzen wir uns in die Küche, sagte Schrank. Da tranken wir ein Glas Champagner, der sei fast billiger als Wein hier, sagte Schrank und legte sich bald hin. Darauf folgte der vierzehnte Juli. Schrank telefonierte mit einem Kanalisationsbetrieb und verschwand neuerlich für mehrere Stunden unter der Straße. Vor Aufregung über den

unterirdischen Schrank und den wachsenden Gestank in seinem Haus – die Frau servierte das Mittagessen im zweiten Stock – vergaßen wir, nach Paris zu fahren, die Champs-Élysées und das Feuerwerk zu sehen. Wegen dem verstopften Kanal des Schrank versäumten wir deinen ersten französischen vierzehnten Juli.
Was wollt ihr mit dem Nationalfeiertag der Franzosen, der unsrige ist der 29. November, die Befreiung Albaniens. Man fragt sich nur, wofür befreit, wozu?, hast du zu ihm gesagt. Aber er hat es nicht hören wollen oder nicht gehört, so fest, wie er uns zum Abschied an sich drückte.

Phönix auf einem Erdbeerbaum. Kümmere dich weder um eines Mannes Politik, noch seine Religion, noch um den Himmel. Das Bauchweh empfand er als große Perversion. Und doch dachte er noch immer: Gott aller Menschen, der Körper ist innen. (August 1994)

Lange bevor du geboren wurdest, Ende der fünfziger Jahre, erhielt dein damals in Schweden lebender Großvater ein Angebot von der albanischen Regierung. Ein Brief mit einer albanischen Marke, leicht gelblich das Papier, nicht vergilbt, absichtlich gelb, unten zwei Stempel, rund und eckig. Der Brief enthielt eine offizielle Rückreiseerlaubnis, garantierte einen Posten in der Regierung, im Dolmetschbüro, sprach von Freude über die Rückkehr des verlorenen Sohnes in die Heimat und Straffreiheit für etwas, das er nie verbrochen hatte.

Der Großvater nahm das Angebot an, reiste nach Tirana. Der Flughafen war damals wenig mehr als ein mit Platten ausgelegtes Feld. Die Maschine rollte noch, da sah er sie schon stehen, am Ende der Palmenallee, ja, am Flughafen von Tirana gibt es Palmen. Die stehen bis heute, direkt vor dem Eingang zum Hauptgebäude. Vor den Palmen sah er sie stehen, eine Frau mit rotem Schal, seine Frau. Vor ihr, neben ihr die Kinder, auch deine Mutter, drei Zwerge in Wolljacken, der größte im dunkelblauen Staubmantel. Das war deine Tante. Die Kinder winkten, fuchtelten mit den Händen, als wollten sich die Arme von den Körpern lösen und in die Luft fliegen, den Vater zu empfangen. Winkend hüpften sie auf und ab. Die Frau stand ruhig, kerzengerade. Den Kopf leicht erhoben, blickte sie dem Flugzeug entgegen, bewegte sich nicht, nur der Schal flatterte im Wind. Sie hielt einen Blumenstrauß in der Hand.

Es waren Rosen, rote Rosen, mussten Rosen sein. Ohne die Blüten zu sehen, wusste er es. Das Kind an ihrer anderen Hand zappelte, wollte sich der Jacke entledigen. Er beobachtete es genau durch das doppelte Glas seiner Fensterluke, als hätten sich seine Augen in Feldstecher verwandelt. Die Irrfahrten, Versteckspiele würden ein Ende haben. Der Spion würde ein einfacher Bürger werden.

Da standen sie.

Vier Wartende.

Eine Familie.

Die Schnallen der Sicherheitsgurte klickten, im Gang zwischen den Sitzreihen drängten sich die Passagiere, zerrten an unter den Stühlen verklemmten Taschen, streckten die Arme nach ihrem Handgepäck. Dein Großvater nahm seine Tasche, nicht viel mehr als vier Tafeln schwedischer Schokolade trug er bei sich. Er stand auf, ging zum Ausgang. Nur langsam kam er nach vorne, ließ sich von den anderen Passagieren schieben, zum Eingang in sein neues altes Leben. Er kletterte über die weiße Flugzeugstiege, und die Kinder standen direkt vor ihm. Jemand drückte sich von hinten gegen ihn, drängte ihn die letzten Stufen hinunter. Eine harte, entschlossene Hand griff ihn am Mantel. Die Arme wurden ihm zurückgebogen, Handschellen um seine Handgelenke gelegt. Einen Schrei hörte er auch: seinen Namen.

And men say the sun and moon keep on moving because they can't find a soft seat. (August 1993)

Dein Großvater sei gefoltert worden, hast du in der Eisenbahn erzählt. Wir fuhren in die Bretagne. Schrank hatte uns Jausenbrote eingepackt. *Për udhëtimin*, für die Reise. Im Sand. Schwarz seine Nägel, verkohlt von den Feuerzeugen der Soldaten. Sie hatten sie ihm gezogen, während er bewusstlos am Boden lag, den zurückgebogenen Kopf an die Wand gedrückt. Erwacht war er durch etwas, das er zuerst für einen seiner immer wiederkehrenden Alpträume hielt. Von kurzen glühenden Nadeln, die sie ihm in die Zehen stießen, hatte er geträumt. Eine Nadel in jede Zehe. Er hatte sich schreien gehört, seine blutenden Handflächen geleckt, Wunden, die von seinen eigenen Fingernägeln stammten. Gleich wieder in den Handrücken gebissen, versucht, den Schmerz so abzulenken. Getrachtet, einen Bogen zu bilden, in dem sein Körper die vibrierende Sehne war und unversehrt zurückschnellte, während der Pfeil weit fort flog, die Qual mit sich nahm. Als er sich drehen wollte, fühlte er sich festgehalten von glühenden Zangen. Er riss die Augen auf und sah sie, die Brandstifter. Sah die Fackeln in ihren großen Händen, Fackeln, mit denen sie seine Beine anzündeten, Feuer legten an die Grundmauern seines Hauses. Seinen Besitz brannten sie nieder, legten ihn in Schutt und Asche. Dann stahlen sie den Schmuck seiner Mutter aus den Trümmern, glänzende Stücke aus Silber und Gold.

Am Ende sammelte der Brandstifter seine blutverschmierten Fußnägel auf. Einen nach dem anderen packte er mit der Beißzange und legte sie 1, 2, 3, 4, 5, 6, 7, 8, 9, 10 in einen Blechteller. Er grinste, trat den sich am Boden Windenden leichtfertig in die Rippen, zog ein silbernes Feuerzeug aus seiner Tasche. Von meinem Vater, sagte er auf den fragenden Blick seines Kollegen. Der hat's mir geschenkt. Die Flamme schwärzte die weißen Hornstückchen im Napf. Sie krümmten sich, rollten sich zusammen. Zerfielen zu schwarzen Aschebröseln, die der Mann durch die Gitterstäbe des Kantinenfensters ins Freie blies.

And this he did, bestialmente, as he had promised to someone and to himself, and this cut him off from his southern half and finished his game. Und sie fuhren mit ihm hinaus aufs Land, wo er dazu gezwungen wurde, Tempel zu bauen, ihre Tempel zu bauen, und Nägel zu sammeln für seinen Sarg. (Juli 1994)

Abends kamen sie wieder und legten ihm Handschellen an. Bloßfüßig führten sie ihn hinaus in den Hof. Einen engen quadratischen Hinterhof zwischen schwarzen Fassaden mit winzigen, vergitterten Fensterlöchern. Er trug eine dünne, zerrissene Baumwollhose, sein Oberkörper war nackt. Verdorrte Buchenblätter bedeckten Teile des Betonbodens. Am Rand eines ausgetrockneten Ziehbrunnens wuchsen Disteln. Er war auf eine Glasscherbe getreten. Der Mann, der seinen rechten Arm festhielt, stieg ihm auf den Fuß. Die Metallränder der schweren schwarzen Militärstiefel brachen ihm den Mittelfußknochen. Ein Kopf schlug gegen den Boden, ein anderer rauchte. Auch auf nackter Haut kann man Zigaretten ausdrücken.

Der König liebte es, aus den Hecken zu schießen. Hinter den Mauern konnte man ihn beobachten mit seinen Pfeilen, zum Vergnügen Vorbeigehender. (August 1994)

Uppsala, Grand Hotel, 29. August 2007

Wir traten gerade Arm in Arm in den Hof hinaus, als jemand eine Flasche auf deinem Kopf zerschlug. Du bist einen Kopf größer als ich. Es hängt natürlich immer davon ab, um welchen. Es war kurz nach Mitternacht. Das Fest fand in einem Gebäude der katholischen Hochschülerschaft statt. Wir sind dort sehr selten hingegangen, weil uns die Leute auf diesen Festen zu brav waren. Auch an besagtem Abend wirkte die Mehrzahl der Besucher, als hätten ihre Mütter sie in schicke Klamotten gesteckt und ihnen die Nase geputzt.
Ich hab mich zu dir umgedreht, und in deiner Stirn sind Glassplitter gesteckt. Wie in einem Trickfilm hat es gewirkt, als wären die Scherben aus Zucker und jemand hätte die Szene inszeniert, als würden sie im Mund zergehen. Jemand hatte es auch inszeniert, doch die Scherben schnitten. Ich hatte dein Blut noch nie gesehen, und jetzt sah ich gleich so viel davon und musste tun, als wüsste ich, was zu tun sei. Ein Taschentuch suchen, auf die Wunden drücken. Nein, nicht drücken, das drückt die Scherben tiefer.

Ich weine nur, wenn kein Anlass dazu besteht. Wenn ich dich ansah, zu verschiedenen Gelegenheiten, hatte ich ab und zu sehr feuchte Augen. Das ist keine Absicht, die Tränen springen einfach aus mir heraus. Besonders wenn ich lache. Das hat dich immer amüsiert.

Es gibt Dinge, die kann man vorsorglich tun. Einkaufen. Essen. Andere aber sind unmöglich vorwegzunehmen. Aufs Klo gehen. Sich übergeben. Weinen. *Mos qaj, mos qaj, kokoshe.* Aber wer wird denn weinen, *my darling*. Inzwischen weine ich weiterhin vorsorglich, um es mir im Notfall zu ersparen.

Mit deinem blutenden Kopf bist du aus dem Hof hinausgerannt, auf die Straße, hast geschrien, wo ist der Gauner, der Kriminelle, haltet ihn auf. Von irgendwoher sind junge Männer gekommen, haben sich vor uns aufgestellt. Es waren Männer, die immer so wirken, als hätten sie die Hände in die Hüften gestützt oder vor der Brust verschränkt, auch wenn sie mit den Armen schlenkern. Langsam hat sich eine kleine Zuschauermenge angesammelt. Aus dem Hof sind sie gekommen, vom Fest der katholischen Hochschülerschaft, auch Vorbeigänger sind stehen geblieben und haben geschaut, warum und wer da so schreit. Einige von ihnen haben uns zugerufen, wir sollten schnell wegrennen, dürften uns nicht in Gefahr begeben, es wäre nicht der Mühe wert. Ich weiß es noch genau, als wäre es erst gestern geschehen, ich habe mich nach ihnen umgedreht, wollte wissen, wer das ist, der meint, es sei nicht der Mühe wert herauszufinden, wer dir eine Glasflasche an den Kopf wirft, sodass du jetzt Scherben im Gesicht hast. Ich weiß noch genau, mir war fast zum Lachen zumute, ein eigenartiges Lachen; es verstand keinen Spaß.

Du hast zu mir gesagt, ich geh zur Polizei, ich geh ins Spital. Ich habe dich angeschaut, das Blut ist schon trokken gewesen auf deiner Haut. Fast schwarz ist es gewesen, als wäre es nicht echt, genauso wie mein Lachen nicht echt war, und ich habe gefragt, ob du gehen kannst, ob du es schaffst, allein durch die Stadt bis ins Spital. Ja, ja, behalt sie nur im Auge, behalt die Gauner im Auge, bis die Polizei kommt, hast du mir aufgetragen. Ich habe die Augen noch weiter aufgerissen, hab die Männer angeschaut, die ihre Arme vor der Brust verschränkt hielten und immer noch vor dem Tor zum Hof standen. Leider wusste ich noch immer nicht, ob wirklich einer von ihnen der mit der Flasche war, oder ob sie ihn nur kannten und mich ablenken wollten, bis er sich aus dem Staub gemacht hat. Oder ob sie ihn nicht einmal kannten, nur mit ihm sympathisierten, oder weder kannten noch mit ihm sympathisierten, aber mich hier auf der Straße ein bisschen in Schach hielten, um sich die Zeit zu vertreiben, weil sie nichts anderes vorhatten. Die Umstehenden waren auch keine Hilfe, die riefen nur ab und zu, halt dich da raus, geh lieber heim. Irgendwann fing ich zu schreien an, hab die Burschen angebrüllt, aber eher zufällig, weil sie vor mir gestanden sind, meinte auch die anderen, die dabeistanden, die sagten, ich solle heimgehen. Stark bin ich mir vorgekommen, wie ich geschrien habe, und unverwundbar. Ich hab gewusst, einer muss das tun, und der eine bin ich gewesen. Weil ich dich gerade vorher um die Ecke rennen gesehen habe, mit Scherben im Kopf.

Während ich schrie, fing einer der jungen Männer an, mir ins Gesicht zu schlagen. Nicht ein oder zwei Mal, sondern mehrmals, weil ich ja auch nicht aufgehört habe zu schreien, immer lauter geworden bin und immer deftigere Schimpfwörter von mir gegeben habe. Die fielen mir ohne Überlegen aus dem Mund. Für jedes Wort bekam ich eine Ohrfeige. Wahrscheinlich hat es gar nicht lange gedauert, obwohl es mir lang vorgekommen ist und ich die Schläge gar nicht spürte. Als würde der Mann eine andere schlagen, eine mit anderen Wangen.

Einer hat mich von hinten festgehalten, an den Schultern. Andere haben den Burschen gegriffen, haben ihn festgehalten, weggezogen von mir. Jetzt geh doch heim, hat noch einmal jemand gesagt, aber sanfter als zuvor. Da ist die Polizei gekommen, zwei Beamte. Einer hat gefragt, was ist los. (Jedes Mal, wenn wir miteinander reden, ein Polizist und ich, sind wir Kontrahenten und daher tendenziell unfreundlich. Damit meine ich nicht, es gäbe keine freundlichen Polizisten. Meine Großmutter zum Beispiel, die kennt einen, der lässt sie seit vierzig Jahren ohne Helm Moped fahren.)
Bis die Polizisten bei mir anlangten, waren die jungen Männer weg. Was ist los, hat der Polizist mich also gefragt. Ich fragte zurück, ob er dich gesehen habe, ob er von der Wachstube komme. Nein, hat er gesagt, und zu den Umstehenden gemeint, sie müssten sich *zerstreuen*, es gebe nix zu sehen. Das haben sie auch er-

staunlich schnell getan, und der Polizist hat gefragt, ob ich ins Auto einsteigen wolle. Vorgeschlagen hat er es mir, aber es war deutlich: bloß eine bejahende Antwort würde akzeptiert. Ich bin eingestiegen und habe versucht zu erklären, was geschehen ist, dass wir denjenigen suchen müssen, der dir die Scherben in den Kopf geschlagen hat. Dass wir dich suchen müssen, schauen, ob du im Spital bist. Dann fahren wir am besten zuerst auf die Wachstube, haben die beiden in vollstem Einverständnis verkündet. Und auf einmal habe ich die Schläge des Mannes doch gespürt.

In der Wachstube bist du nicht mehr gewesen. Sie hätten dich von der Rettung holen lassen, hat der Diensthabende gesagt, und jetzt wo ich schon da wäre, könnte ich gleich einmal die Fakten erklären, fürs Protokoll. Während ich mich gezwungenermaßen hinsetzte und redete, und der Beamte das, was ich sagte, bedächtig mit seinen Zeigefingern in die Schreibmaschine tippte, ist mir vorgekommen, als wäre ich die Verdächtige, die sich rechtfertigen muss. Währenddessen entkam der Flaschenschläger. Endlich zog der Polizist das Blatt heraus und erklärte sein Werk für vollbracht.
Wollen Sie mitfahren, hat der andere gesagt, der mich hergebracht hatte. Es ist besser, wenn Sie mitfahren, hat er hinzugefügt, dann können Sie uns helfen. Wobei, war mir einigermaßen undeutlich, aber ich bin mit ihm hinausgegangen und habe mich neuerlich ins Dienstfahrzeug gesetzt, wo der zweite von vorhin noch

oder wieder am Beifahrersitz saß. Dann sind wir gefahren, über den Hügel hinter der Stadt. Zuerst auf der Asphaltstraße, zwischen den Schlösschen, die da stehen, denn dort wohnen die „Besseren“, also die es sich leisten können, an einigen Hotels vorbei, bis wir auf einen Schotterweg gekommen sind, wo Fahrzeuge nicht zugelassen waren. Das hat die beiden Polizisten nicht gestört und wir fuhren weiter. Manchmal hat man gemerkt, dass das Auto über eine Baumwurzel rumpelte. Ich bin hinten gesessen, auf dem Rücksitz, da habe ich das Rumpeln wohl mehr gespürt als die beiden vorne. Meine Hilfe haben sie nicht mehr in Anspruch genommen. Einmal habe ich zaghaft gesagt, dass ich kaum glaube, dass der Kerl hier zu finden ist, dass ich mir eher vorstelle, dass er sich irgendwo in der Stadt aufhält oder nach Hause gegangen ist, wenn er hier wohnt, oder den Zug genommen hat, geflohen ist, weil ihm wer zugetragen hat, dass die Polizei ihn sucht. Sie wüssten schon, was sie täten, haben sie kurz verkündet. Verdächtige würden öfter hinauf auf den Hügel flüchten, sich im Wald verstecken. Ich habe nichts und niemanden erblickt in diesem Wald, der ganz finster war, und nur ab und zu ist ein wildes Tier im Scheinwerferlicht über den Weg gerannt, ein Marder oder ein Dachs. Während sie mit mir sprachen, drehten sie sich nicht um. Es amüsierte sie, mit ihrem Polizeiauto auf dem verbotenen Fußweg unterwegs zu sein. Über Fußball haben sie geredet. Letzteres war eigentlich das Interessanteste, was ich von ihnen hörte.

Nach ungefähr einer Stunde sind wir wieder hinunter in die Stadt, hurtig durch ein paar Gassen gedüst. Die waren mittlerweile leer. Inzwischen schlug es schon halb drei vom Kirchturm des Doms. Vor der Wachstube haben sie geparkt, mich gefragt, ob mir eh nicht schlecht ist und ob ich eh allein nach Hause gehen kann. Was hätte ich sagen sollen, dass mir elendiglich zumute war und ich hinter jeder Ecke einen wähnte, der mir eine Flasche auf dem Kopf zerschlagen würde? Alles in Ordnung, habe ich gesagt, bin ausgestiegen und zu Fuß nach Hause gegangen, eine halbe Stunde lang. Du warst zum Glück schon daheim. Die Rettung hatte dich nach Hause gebracht. Sie hatten dir die Stirn weiß eingebunden, die Wangen orange besprüht. Zur Desinfektion, hast du mir erklärt, als hätte ich noch nie ein Desinfektionsspray gesehen.
Bis in der Früh sind wir nebeneinander auf dem Diwan gesessen, haben leise vor uns hin geredet. Dann bist du eingeschlafen. Ich bin in eine Vorlesung gegangen, die um acht begann. Das war das erste Mal in besagtem Semester, dass ich zu dieser Vorlesung ging. Übrigens auch das letzte Mal. Dieses Mal allerdings war ich aufmerksam wie nie, schrieb genau mit. Die Vorlesung interessierte mich, wie mich selten etwas interessiert hat. An dem Tag rettete sie mir die Welt.

Das hast du mir lange nicht verziehen. Am Nachmittag, als ich zurückkam und dich noch immer am

Sofa vorfand, hast du mir böse gesagt, dass du das geschmacklos findest, wenn einer einfach mit seinem Leben weitermacht, nachdem ihm so etwas angetan wurde. Tagelang hast du dich nicht aus dem Haus getraut. Damals habe ich dir nicht gesagt, dass ich außer Haus gehen musste, gleich am nächsten Morgen. Weil ich fürchtete, dass ich mich sonst später nie mehr trauen würde.

Ti je djeli qe ndryqon në botën time, du bist die Sonne, die in meiner Welt scheint. (November 1993)

Uppsala, Grand Hotel, 30. August 2007

Regelmäßig geht draußen ein Mann vorbei, wenn ich gerade aufstehe, einen Blick zum Fenster des Grand Hotels hinauswerfe. Im Gehen knöpft er sich das Hemd zu, als hätte er es gerade erst angezogen. Ich sehe ihn gehen, mit hoch erhobenem Haupt. Dass er das Hemd noch offen hat, mitten in der Stadt, am helllichten Tag. Aus dem Fenster gelehnt betrachte ich ihn. Über der Brust lässt er es offen.
Unter den Lindenbäumen auf dem Kai vor dem Hotel liegt eine dicke Skulptur aus Bronze. Sie hat an beiden Enden Füße. Man sieht ihr die Kopflosigkeit kaum an, wenn man vorbeigeht, weil die Fußsohlen von weitem einer Schädeldecke gleichen, einer flachen. Im letzten Stockwerk eines hohen Gebäudes mit achtteiligen Fenstern, spitzgieblig, stehen Vasen. Wenn es dunkel ist, scheinen auf dem Kai Laternen mit Mottenfiltern, Siebe, die verhindern, dass die Flügel der flatternden Tiere an die Lampe gebacken werden, in der Hitze der Nacht.

Das Erlebnis mit der Flasche habe ich unlängst einem Freund erzählt. Erst nach einer Stunde sind wir draufgekommen, dass er die ganze Zeit gemeint hat, es hätte sich in Albanien abgespielt. Ganz still ist er geworden, als ihm klar wurde, dass ich von Österreich spreche. Obwohl er Italiener ist.

Zwischen zwei und vier raste ich mich gern ein bisschen aus, wenn es die Arbeit erlaubt. Die schwedischen Kollegen sind flexibel und fleißig. Sie verwöhnen mich richtiggehend. Seltsamerweise scheinen sie eine hohe Meinung von mir zu haben, zu denken, ich sei eine Expertin, könnte etwas, das sie nicht können. Heute ist Ruhetag auf der Forschungsstation. Donnerstag nehmen sie sich hier oft frei, weil sie am Mittwoch gern ausgehen. Endlich hab ich lange geschlafen.

In unserer ersten Zeit in der gemeinsamen Wohnung haben wir auch immer lang geschlafen. Ich nahm mir zwar jeden Abend vor, früh aufzustehen, es gelang aber nie. Meist habe ich zwischen zehn und zwei gearbeitet, falls man ein Studium überhaupt Arbeit nennen kann. Schon damals war es so, dass ich immer einen Bonus bekam von den Professoren, ohne ihn mir wirklich verdient zu haben. Wenn andere drei Wochen intensiv lernten, zog ich mir den Stoff in drei Tagen hinein, und sobald ich den ausgefüllten Prüfungsbogen abgegeben hatte oder die Tür des Büros des Professors hinter mir zugefallen war, vergaß ich alles wieder.
So unbefangen wie wir uns kennen gelernt haben, sind wir zusammengezogen. Zwanglos, fast zufällig. Ich fand es schlichtweg unbequem, ständig in einer Wohnung wach zu werden, in der keine frische Unterwäsche im Kasten bereitliegt.
Du hast mir die Geschichte der Welt erklärt, jeden Tag aufs Neue. Bist, wie ich, zu Seminaren gegangen, zu

Vorlesungen, warst ein Student. Was hättest du nicht studiert? Nur die Vorlesungen, die ich belegte, hast du nie besucht. Die Ozeane interessierten dich vor allem wegen der Strände, hast du gesagt, ihre chemische Zusammensetzung sei für dich ein bisschen zu viel des Guten. Für deine Tasche hast du dir aber ein Buch von mir geliehen, ein dickes, schweres über Meerestiere. Damit sie nicht leer wirkte, man dir das Studentsein abnahm.
Ich habe ihnen die Geschichte der Welt erklärt, hast du zu mir gesagt, wenn du von den Lehrveranstaltungen kamst. Alles, was sie dort lernen, weiß ich schon. Du hättest gesprochen, laut, vor allen, und alle hätten sie dir zugehört, hast du gesagt. Du bräuchtest gar nicht mehr hinzugehen. Höchstens wegen *ihnen*, um ihnen Gesellschaft zu leisten, ihnen etwas beizubringen. Weil sie sich so freuten, wenn du da warst.

Eine handgemachte Geschichte. Zwischendurch hast du damals deinen Onkel nach Frankreich geschmuggelt. Er hatte genug davon, sich in Griechenland durchzukämpfen. Du hast ihn und seine Familie mit dem Auto geholt, mit der österreichischen Nummerntafel, und zur Côte d'Azur gebracht. Von dort sind sie mit einem Zug nach Norden gefahren. Was der Onkel bis heute bedauert, ist, dass du ihm nichts gesagt hast, als ihr die Grenze nach Frankreich überschritten habt. Heutzutage sieht man die Grenzen innerhalb Europas ja kaum mehr. Man spürt sie nur. Der Onkel hat sich aber noch nicht so ausgekannt in Frankreich und nicht spüren können, wo Italien aufhört und Frankreich anfängt. Du hast es ihm nicht sagen wollen, weil du befürchtet hast, er würde sich zu sehr aufregen. Erst fünfzig Kilometer hinter der Grenze hast du zu ihm gesagt. *Vous êtes en France.* Und er hat so laut geschrien, dass sich seine Tochter die Ohren zugehalten hat. Jetzt ist der Onkel ein Franzose. Er hat seinen fünften Beruf erlernt, Installateur. Vorher ist er Automechaniker gewesen, obwohl er keinen Führerschein hat. Und noch früher Maurer. Zwischendurch ist er Reiseführer geworden. Und danach Kapitän. Das war sein Lieblingsberuf. Er ist mit einem Segelboot zwischen den ionischen Inseln hin- und hergefahren.

Bald hast du das Studium aufgegeben. Hast als Nachtportier an der Rezeption eines großen Hotels angefangen. *Kummer* hieß das Hotel. Vier Sterne. Wenn alle Gäste schliefen, bin ich dich besuchen gekommen, und du hast mich in die Küche geführt. Was willst du essen, hast du gefragt und einen riesigen Kühlschrank aufgemacht. Kuchen, Salat, Mohr im Hemd? Oder lieber eine geräucherte Forelle? Ein Schlaraffenland aus polierter Gasthausküche stand dir zur Verfügung.
Manchmal bist du vor Dienstbeginn in ein leeres Zimmer gegangen, hast dir dort das Bügelbrett aufgestellt, geschwind ein Hemd gebügelt. Jeden Tag ein frisches Hemd anziehen, allerhöchstens jeden zweiten. Das war die Regel, die hattest du dir selber ausgedacht. Ans

Bügeln wolltest du dich aber nicht gewöhnen. Und ich mich genauso wenig.

Als Kind hatte ich beschlossen, später nie zu bügeln, später war: wenn es nach mir geht. Das habe ich dir rechtzeitig gesagt, bereits, als wir noch gar nicht zusammen wohnten. Dass ich deine Kleider nicht bügeln würde, wie ich meine nicht bügelte, dass sowieso alles gleich verknittert wird. Du warst anderer Meinung. Warum ich nicht bügle, so eine übertriebene Abneigung gegen das Bügeln hätte? Weil ich meine Mutter zu oft bügeln gesehen habe. Sie kam von der Arbeit nach Hause. Sie aß etwas. Sie drehte den Fernseher auf und bügelte. Sie war müde, hatte kaum eine freie Minute, aber sie bügelte. Vielleicht hat sie es gern getan, vielleicht hat es sie entspannt. Die Leute entspannen sich bei den eigenartigsten Tätigkeiten. Nur kann ich mir nicht vorstellen, dass meine Mutter sich beim Bügeln ausgerastet hat. Oft habe ich es ihr deshalb abgenommen, als Kind. Nie hat sie mich darum gebeten. Während ich es ihr abnahm aber, habe ich mir geschworen, es ihr später nicht nachzutun. Deswegen hat das Bügeleisen auch immer dir gehört, nicht mir. Ich gebe zu, ein oder zweimal habe ich es mir von dir ausgeborgt. Bei unserer Hochzeit war das nicht.

Am Arm habe ich eine Wunde. Kaum ist sie verkrustet, kratze ich sie mir wieder auf. Ist das Nervosität? Heute Nachmittag habe ich mich ein bisschen hingelegt. Das verlängert den Tag. Nachmittags zu schlafen, habe ich von dir gelernt. In den Industrieländern tun Menschen oft, was ihnen nicht entspricht: zu viel Arbeit, zu wenig Schlaf. Wir sind modern. Dein Land sei ein Land von Affen, hast du gesagt, deshalb schliefen die dort jeden Nachmittag.

Bald ist dein Freund Mr. Dyrnjaja zu uns gezogen. Er arbeitete als Steward für *Albania-Airlines*, sagte, das sei lebensgefährlich, aber er hänge nicht am Leben. Meist flog er nach Ägypten. Manchmal rief er zwischen den Diensten an. Er sei kurz in Wien gewesen, hat er einmal gesagt. Du hast fast geschrien, wie er das erzählt hat, am Telefon, warum er sich dann in Gottesnamen nun wieder in Tirana befinde, hast du ihn angeschrien. Hurensohn hast du ihn genannt.
Wo soll ich denn sonst hin?, hat er gefragt. Er hatte Albanien noch nie verlassen. Die Maschinen, in denen er flog, nach Ägypten, Hurghada oder Wien, waren noch albanisches Staatsgebiet. Ein Stück Albanien aus Metall, ausgeschnitten, damit es sich in die Lüfte erhebe, sagte Mr. Dyrnjaja, sogar die Luft in der Kabine sei albanisch. Es rieche wie im alten Kino, wo jetzt nur Pornofilme gezeigt werden. Dort durfte er sich aufhalten, bis zum Cockpit und nicht weiter. Wenn sie landeten, blieb er in der Maschine.

Er war dein bester Freund, trug immer einen sogenannten „englischen Mantel", den er selbst entworfen

hatte. Beim Schneider um die Ecke seines Elternhauses ließ er ihn anfertigen. Englisch nannte er den Mantel, weil ihm vorkam, das Englische stehe für Eleganz und *Freedom of Mind*. Bevor er Steward wurde, studierte er Geometer und hörte englische Musik.
Im Lauf der Zeit fand er an immer weniger Gefallen. Wenigstens habe ich nicht viel zu verlieren, wenn wir abstürzen, sagte er. Manchmal stellte er sich vor, die Kabine bräche in der Mitte auseinander und er stünde mit jedem Bein auf einem der zwei Teile. Was er in so einem Fall dächte, habe ich ihn einmal gefragt. Dass er nicht versichert sei, dass es schade sei, für seine Mutter, hat er geantwortet.

Als er endlich bei uns landete, wurde seine Enttäuschung noch größer. Wir wohnten in keiner Villa und verdienten kaum Geld. Vier Monate lang blieb er, verließ kaum die Wohnung. Eigentlich nur, wenn wir ihn mehr oder weniger dazu zwangen. Ist gut, ich mache einen Spaziergang, meinte er gelassen und verdrückte sich ins Stiegenhaus. Meist kam er nach anderthalb Stunden zurück, klopfte zögernd. Darf ich? Seid ihr fertig? Mit was, habe ich ihn einmal gefragt. Na, was man so tut, als Paar, hat er geantwortet, den englischen Mantel über den Küchensessel gehängt und eins der Pakete aufgemacht, die ihm seine Mutter jede Woche schickte. Es waren Schachteln voll salzigem Käse und harter Lammwurst. Einmal waren auch Hühnerherzen dabei. Ich empfahl ihm, vom Verzehr abzusehen.

Es war das Jahr der Sonnenfinsternis. King Kong war Minister geworden, vorläufig lebte er noch. Und dieser Prinz liebte es, Bärentatzen zum Abendbrot zu verspeisen. Auf der Suche nach den fünf Seen kam er angeflogen, trug einen dunkelgrauen maßgeschneiderten Mantel, den er nie ablegte. So nannten sie ihn den Lord, nach England wollten sie ihn schicken, sagten, schau dir die Welt an, schau und entscheide dich dann. Er nahm Geschenke, baute aber keine Autobahnen. Schnee im Sommer beeindruckte ihn kaum. Pfirsiche im Dezember, Marillen: nein. Er sagte: Berge verteidigen keinen Staat, genauso wenig wie Flüsse, Eifersucht, Steuern. Im englischen Mantel in ein neues Jahrtausend, als er die Unterführung passierte, fiel ihm ein Feuerwerkskörper auf den Kopf, der nach Stunden noch rauchte, ohne dass er es bemerkt hätte. Und auch die Wächter ließen ihn fallen. So bekam er das Gewicht der Welt auf seinen Schultern zu tragen, hielt es, bis der letzte Mann draußen war, ließ es dann wieder sein, kehrte um, vergaß den Flug der Pelikane zu verfolgen. Ob er gelandet ist? (Jänner 1995)

Vorhin bin ich hinuntergegangen, habe mir einen Tee bestellt, ihn im Schweden deines Großvaters getrunken, an ihn gedacht und dich, mich auf die Straße gesetzt, auf einen der Fauteuils, die sie dort aufgestellt haben, entlang der Mauer des Grand Hotels. Er könnte auch hier gewesen sein, dein Opa. Das Hotel ist mehr als hundert Jahre alt.
Tiefblau ist der Himmel und sehr hoch. Immer wieder ist der Himmel so hier. Ob das am Norden liegt? Das richtige Wetter zum Spazierengehen. Wir sind kaum spazie-

ren gegangen, du und ich. Nur Tirana eigne sich gut zum Spazieren, in Österreich sei es immer gatschig auf den Straßen, hast du gesagt, oder zu glatt. Am liebsten hättest du täglich ein Taxi genommen, das hätte zu dir gepasst, zu deinem Prinzensohndasein. Ich fand das dekadent. Damals. Jetzt gefiele es mir ganz gut, nur habe ich leider inzwischen einen Führerschein und ein Auto.

Anfangs hatten wir keins von beiden. Es gibt doch Fahrräder, habe ich dir gesagt, sogar der Vizebürgermeister fährt Rad, der schaut auf die Umwelt. Du hast ein rotes Rennrad gehabt. Bald wurde es dir gestohlen. Kein Wunder, wenn du es nicht absperrst, habe ich dir gesagt. Du bist wütend geworden. Ich hatte den Verdacht, habe ihn noch immer, du hattest es absichtlich nicht abgesperrt, damit wir endlich wieder einmal Gelegenheit hatten, mit dem Taxi zu fahren.
Streitet nicht, ich stehle euch ein anderes, hat dein Freund gesagt, einer deiner Freunde, die so gern nachmittags bei uns waren. Da hab ich auch mit ihm gestritten und bin bald nach draußen geflüchtet. Österreicher sind Schweine, hast du mir nachgeschrien. Musst ja nicht im Schweinestall leben, wenn's dir nicht passt, habe ich dir geantwortet. Da hast du mir einen Sessel nachgeworfen, über den Gang. Der Nachbar gegenüber hat die Tür aufgemacht, gefragt, ob alles in Ordnung sei. Ja, ja, habe ich gesagt, wir diskutieren nur über Politik, und bin die Stiege hinuntergelaufen, die Hand auf dem Geländer. Am Abend war der Sessel

aus dem Stiegenhaus verschwunden, du hattest ihn nicht mehr in die Wohnung hineingeräumt. Der Sessel gehörte der Vermieterin, nicht uns. Nun war er weg. Der Sessel sei wahrscheinlich sowieso hin gewesen, vom Aufprall verzogen, hast du gesagt. Auf einmal bist du wieder guter Laune gewesen. Schweine sind doch nette Tiere, hast du gesagt, das musst du nicht als Beleidigung auffassen, und mich daran erinnert, dass Schweine sogar die Lieblingstiere meiner Oma sind. Mag sein, meine sind es nicht. Und welche Geschichte soll ich der Vermieterin erzählen? Von gestohlenen Fahrrädern und geworfenen Sesseln? Dein Freund hat in unserem Ofen Pizza gemacht. Komm sei nicht so, hat er gesagt.

Ein verwirrender Frühling, junge Hunde und die Augen des Tages, die in grünen E-Mails über uns aufgingen. Wir kannten den Strom und die zwei Pferde, die uns aus dem Tal hinausführten, kannten die Plätze mit den Pappeln, das flachgründige Land in den jungen Tagen, als noch großartige Flügel über uns im Zwielicht schlugen. Grapefruit moon und die großen Räder des Himmels. Aber wie Gras bin ich, unfähig der Liebe. (März 1995)

Du hast ja gern gesagt, das gehöre dazu; aber für mich hat es nicht dazugehört. Ich habe uns dann nicht mehr erkannt und nicht erkennen wollen. Dass man so lange darüber argumentieren kann, wer abwaschen muss, wenn man neunzehn ist oder dreiundzwanzig. Glücklicherweise, jetzt würde ich die Geduld nicht mehr aufbringen, einfach den Abwasch erledigen, sogar zugeben müssen: das Geschirrwaschen macht mir nichts mehr aus. Es entspannt mich. Das hat auch mein Vater früher immer gesagt und sogar dein Vater, als er nach Italien übersiedelt ist. Dass er die Finger im warmen Schaum als angenehm empfindet. Wie es sich eins nach dem anderen erledigt, Teller, Gläser, Besteck, Untertassen. Wer weiß, vielleicht werde ich eines Tages schließlich noch zu bügeln anfangen!

Zu *Ferragosto*, am 15. August, war ich daheim bei meinen Eltern. Sie wohnen jetzt in Fischamend. Auch sie verschlägt es an seltsame Orte. Abends hat meine Mutter gebügelt, wie immer. Sie ist pensioniert. Trotzdem bügelt sie am Abend. Während sie bügelte, haben wir Prosecco getrunken aus einer blauen Flasche mit Schraubverschluss. Prosecco schmeckt ihr besser als Sekt. Den Schraubverschluss ignoriert sie. Die fertigen Hemden hat sie mit dem Kragen nach oben nebeneinander auf den Tisch gelegt. Vorher lag an derselben Stelle eine gebackene Forelle auf einem Servierteller. Ja, es geht ihnen gut, meinen Eltern.

Mir auch, obwohl ich ab und zu Schreckliches denke. Ich darf nicht mehr allein auf Forschungsreise gehen. Damit meine ich nicht das hier, nicht Schweden, wo ich mit Kollegen unterwegs bin und abends ein warmes Essen im Restaurant serviert bekomme. Früher, als du gerade weg warst, bin ich viel allein herumgefahren. Manchmal bin ich im Gebirge weit herumgestiegen, um eine Probe in einem abgelegenen Bergsee zu nehmen. Der Chef wusste, mit solchen Aufträgen tat er mir einen Gefallen. Die Kollegen haben es bewundert, dass ich mich das traue. Ums Trauen geht es aber gar nicht. Es geht darum, es auszuhalten, tagelang mit sich allein zu sein. Da ist mir vieles durch den Kopf gegangen. Manchmal bin ich völlig erledigt beim Auto angekommen, weil ich auf dem Rückweg ununterbrochen gerannt war. Wer hat mir das bloß gesagt, dass alles, was einer sich ausdenken kann, auch tatsächlich geschieht?

Im Tiefkühlfach in meiner Wohnung in Genua liegt eine Banane. Sie heißt Marlene. Es steht in weiß auf dem blauen Aufkleber. Ich besitze sie seit circa eineinhalb Jahren. Zuerst habe ich mir noch gedacht, ich würde sie eines Tages auftauen und essen, mittlerweile habe ich mich an sie gewöhnt. Sie würde mir fehlen. Ab und zu mache ich den Kühlschrank auf und schaue sie an. Falls du einmal kommst, kannst du sie haben.

1997 war das letzte Jahr, bis zum nächsten, das wiederum das letzte war. Mit Rosen empfingen sie die Soldaten der Vereinten Nationen im Hafen von Durrës, warfen Blütenblätter, lachten. Die Soldaten konnten es nicht glauben, hatten sich darauf vorbereitet, in den Krieg zu ziehen, öffneten ihre Schuhbänder, lockerten den Gurt um den Oberkörper und setzten sich auf einen Stein, vor dem Hotel am Berg, wo sie Schnaps tranken. So hat dein Großvater es am Telefon erzählt.

Ein Mann ist tot und der andere am Verrotten und der dritte, der ist gefallen in … und man wird ihn nie wiedersehen. Im Übrigen ist es ruhig geworden in der Gegend, die Farbe dreizehn Millimeter dick. Alle werden sie gefüttert und relaxed, die Offiziere das Gegenteil. Drei Millionen Schutzkammern aus Beton an den Stränden, nun Ziegenställe auf den Feldern, Umkleidekabinen, die Farbe: zwei Millimeter dick. Sprühdosen. Pink Floyd steht geschrieben, wo früher ein Kopf war, Abbild des Diktators, nun auch gerollt. (Juni 1997)

Zur Zeit der Kriege im Balkan haben wir die Streitpunkte verlegt, als stünden wir beide uns als feindliche Mächte gegenüber. Dabei bin ich doch auf deiner Seite gewesen, du halt auf Seiten der Amerikaner, und da konnte ich mich nicht einfach dazustellen. Dann haben wir *Benigni* gesehen. *Roberto*, und sein *schönes Leben* – La vita è bella – und, du weißt es bestimmt noch, ich bin auch froh gewesen über die Ankunft der amerikanischen Retter. Im Film zumindest. Da bleibt es ja beim Mitleiden. Politisch waren wir naturgemäß ziemlich konträr eingestellt. Wer aus Albanien geflohen war, konnte nicht mit den Kommunisten sympathisieren.

Eines Tages sind wir selber als Schauspieler aufgetreten. Statist ist einer der wenigen Berufe gewesen, die du ohne Arbeitsgenehmigung ausüben durftest. Nach wie vor warst du offiziell Student. Es ist ein Kostümfilm gewesen. Weiße Handschuhe haben sie dir angezogen, mir seidige violette bis über den Ellbogen herauf und so ein Kleid, wie es Sissy in den Filmen anhat, wenn sie von Romy Schneider gespielt wird. Wir mussten uns auf der Terrasse des Kurhauses aufstellen und auf ein Zeichen hin ab und zu tanzen. Ein Sommerfest sollte es sein, nur war es Winter. Der Atem ist als weiße Wolke vor unseren Mündern gestanden. Wie sie den später wegretuschiert haben, aus dem Film? Womöglich sieht man die Hauche sogar, ich habe ihn mir ja nie angeschaut. Eine Serie ist es geworden, *Der Salzbaron*. Im Dorf wurde allenthalben Schotter auf die Straße geschüttet, damit es wirkt wie vor hundert Jahren, und die Litfasssäulen haben sie mit Reklamen von 1902 beklebt. In den Pausen sind Regieassistenten auf die Terrasse des Kurhotels geschwirrt, haben uns Mädchen Decken um die Schultern gelegt, Tee verteilt und heiße Schokolade. Gefroren habe ich trotzdem. Du weniger, denn du trugst einen Frack. Du hast ihn getragen, als wärst du für solche Gewänder gemacht. Als hättest du endlich gefunden, was dir entsprach. Einen Spazierstock hast du auch in der Hand gehabt, allerdings nicht beim Tanzen, in einer anderen Nacht, als wir aneinandergeschmiegt über die angeschotterte Kaiserfranzjosefstraße geschlendert sind.

Ein anderes Mal erhielt ich einen geflochtenen Korb voller Früchte, einen Bauernkittel, die Handschuhe

fehlten, doch es blieb eine gewisse Vornehmheit, die Maske zog mir die Taille straff, mir blieb die Luft weg. Da traut sich keine, die Haltung zu verlieren, in so einem Kleid. Die Autos waren verbannt aus diesen Nächten, nur Pferdehufe zu hören auf dem Schotter. Oft haben wir stundenlang warten müssen, bis wir endlich neun Minuten lang drankamen für eine Szene, die im ausgestrahlten Film vier Sekunden ausmachte. Wir haben uns gut verstanden, während wir warteten, in unseren edlen Kleidern, den Handschuhen, den Maschen, haben Kaffee getrunken und Tee, immer aufgepasst, uns nirgends dreckig zu machen; haben uns angeschaut, als würden wir uns jetzt erst richtig erkennen. Die Castingchefin hat uns immer wieder miteinander eingeteilt, als Paar.
Einmal haben wir im Theater, im Saal, stundenlang geklatscht, damit sich der Hauptdarsteller, der Salzbaron, an uns vorbei auf seinen Platz drängen konnte. Diese Szene ist übrigens die einzige, die ich später einmal im Fernsehen gesehen habe. Du bist auch zu erkennen, ganz aus der Nähe. Ich hab es zufällig bei meinen Eltern gesehen, gleich nach der Werbeeinschaltung ist diese Szene gekommen, und ich ausgerechnet in dem Moment zur Tür herein, da habe ich dich und mich eine Sekunde lang auf dem Bildschirm gesehen, wie wir waren, vor zehn Jahren. Wie Kinder haben wir ausgeschaut, geschminkte Kinder, als Prinz und Prinzessin verkleidet.

„Lasst euch nicht betrügen", brummte der bärtige Doktor, als der chinesische Zirkus in die Hauptstadt kam, Bleistifte verteilte auf dem Hauptplatz, jahrelang schrieben alle Schulkinder dann mit chinesischen Bleistiften, hatten chinesische Bleistiftspitzer, Radiergummis, kleine chinesische Federetuis. Und er war nicht einmal schlecht, der Zirkus. Lasst euch nicht reinlegen, nicht in die Pfanne hauen, ihr Eier (!), warnte Signor Salvo, und es hat einige gegeben seither. (November 1997)

Neben dem Statistendasein haben wir uns als Fahrradboten versucht. Mir hat das Spaß gemacht, als Sport habe ich es gesehen. Du nicht. Du hast es als schauderhaft unterbezahlte Arbeit für Idioten betrachtet, die sonst nichts können. Durch dieses Walkie-Talkie, das wir alle eingesteckt hatten, habe ich dann gehört, wie sie dir die Aufträge durchgegeben haben, wie du wieder einmal zehn Kilometer außerhalb des Zentrums verschickt wurdest, wie alle Anfänger in der Branche. Da musste man sich hinaufarbeiten, wie der Kerl in der Zentrale süffisant sagte, der die Adressen durchgab, schnell, damit man es kaum mitkriegte, nachfragen musste. Jeder übt seine Macht aus, wo er kann. Deine Mutter schickte Schecks, die sie als Geigenlehrerin verdiente. Alle sechs Monate mussten wir einige davon den Behörden vorlegen, um dein Visum zu verlängern. Jedes Mal waren sie misstrauischer, ließen sie dich länger warten. Der Herr ist Student?, hat der Beamte hinter seiner Glasscheibe gefragt, und ich hab ihn angeschimpft, dass ihn das gar nichts anginge.

Sehr wohl gehe ihn das was an, sonst dürfe der feine Herr-weiß-nicht-wer auch umgehend seine Koffer packen und sich gefälligst wieder fortscheren.

Es gibt nur eine einzige Möglichkeit, eine reguläre Arbeitserlaubnis zu erhalten, für *richtige* Jobs, hast du gesagt. Ein derart romantischer Heiratsantrag wird mir kaum ein zweites Mal beschert sein. So intensiv wir uns die vergangenen drei Jahre regelmäßig versicherten, dass wir nie heiraten würden, so schnell hatten wir es beschlossen.

Demzufolge wurde die Bank des Graslandes zur Grafschaft erhoben, einige weiße Blätter vor dem Index. Dies war ein dreißigjähriges Projekt, Juli bis Dezember, Januar bis Juni. Jeder Grasfaden war zu ordnen, zu hundert Axtschlägen. Noch fünf dazu pro Jahr, und das sind die Früchte der Arbeit, wie es Mode war. Eine Weltkarte nur als Register der Unpersonen, derer es Milliarden gab, und die es auszurotten galt, oder nicht zur Kenntnis zu nehmen. (Mai 1998)

Heimlich habe ich mir Kleider von meiner Mutter geliehen. Trotz allem hatte ich das Gefühl, ich müsse mich feierlich anziehen. Ich nahm einen dunkelblauen Hosenanzug. Wie ein Matrose habe ich ausgesehen. Das Wichtigste: kein Aufwand. Brauchen wir nicht, habe ich zum Standesbeamten gesagt, als er bei der Vorbesprechung fragte, ob wir Musik wollten. Mit Musik hätte es mehr gekostet. Du hast dich nicht ein-

gemischt. Ringe hatten wir keine. Auch das musste man vorher anmelden. Vielleicht weil sie dann eine Schale hinstellen, auf den Trautisch, in der sie aufbewahrt werden, bis der Augenblick kommt, „ja" zu sagen und sie anzustecken.
Wir haben es eilig gehabt, wollten den Termin schnell. Es war Mai und die guten Tage bereits alle reserviert. Die halbe Welt schien in diesem Saal heiraten zu wollen. Wir hatten ihn uns nicht speziell ausgesucht, wohnten einfach im Zuständigkeitsbereich. Am zehnten Mai ist noch einer frei, sagte der Standesbeamte, um halb acht in der Früh, das sei der einzige. Gut, den nehmen wir dann, sagte ich. Zufällig war es der Tag vor deinem Geburtstag.
Als wir um sieben gähnend mit den Trauzeugen vor dem Eingangstor des Gebäudes standen, hat ein anderer Standesbeamte noch einmal nachgefragt, Musik?, und ich habe noch einmal den Kopf geschüttelt. Du hast mir etwas ins Ohr flüstern wollen, magst auf einmal doch gedacht haben, Musik ist feierlich. Ich wollte ganz und gar nichts Feierliches. Ich lieh dir meinen Namen und der Staat verlieh dir Rechte. *Felix austria nube.* Eigentlich hätte ich in einer Ritterrüstung heiraten müssen, so heroisch bin ich mir vorgekommen. Schließlich hatten wir uns schon beim zweiten Eis unter dem Feuerwerk versprochen, nie zu heiraten.

Die Trauzeugen waren zwei junge Frauen, die ich am Standesamt zum ersten Mal traf. Du hattest sie aus

dem Deutschkurs für Ausländer mitgebracht. Die eine kam aus Indien, die andere aus Serbien. Ich überreichte ihnen je eine Rose, und sie hatten uns einen ganzen Rosenstrauß mitgebracht. Komisch, all die Rosen in unserer Geschichte. Dabei mag ich Rosen gar nicht besonders. Der Standesbeamte hielt eine rührende Rede über internationale Freund- und Liebschaften. Kurz darauf haben wir der Reihe nach „ja" gesagt, zuerst ich, dann du. Statt der Ringe hatten wir am Vorabend Glasmurmeln getauscht. Die habe ich noch lange aufbewahrt. In einem samtigen Etui sind sie nebeneinandergelegen, in irgendeiner Schale. Manchmal habe ich sie herausgeholt und in der Handfläche gehalten, ein bisschen hin und her rollen lassen. Inzwischen hab ich sie schon eine zeitlang nicht mehr gesehen. Vielleicht sind sie auch auf dem Dachboden, in einem der Kartons.
Wir haben unterschrieben und sind dann zu viert in ein Kaffeehaus feiern gegangen. Weil es so bald in der Früh war, kaum neun wird es gewesen sein, und ein Mittwoch, waren noch alle Tische frei. Erdbeertorte haben wir bestellt und Sekt. Die Stimmung war eigentlich ganz gut. Die beiden Mädchen sind bald gegangen, sie mussten in die Arbeit. Keine von ihnen habe ich jemals wieder gesehen. Nicht einmal an ihre Namen kann ich mich erinnern.
Nachdem die zwei weg waren, sind wir in den Park zurückgegangen, haben uns gegenseitig zwischen den Blumenbeeten fotografiert; einen Chinesen, der dort

herumstand, gebeten, ein Foto von uns beiden zu machen, vor blühenden Rosensträuchern. Den ganzen Vormittag über sind wir in der Innenstadt auf einer Terrasse gesessen und haben Sekt getrunken. Ich habe noch einmal betont, es sei nur wegen der Arbeitsgenehmigung, du solltest dir keine Illusionen machen. Zu Mittag sind wir essen gegangen, in einem Stehcafé. Vielleicht könnte ja dein Großvater jetzt bald zu Besuch kommen, hast du gesagt, als wir uns verabschiedeten. Die Kleider meiner Mutter habe ich am darauffolgenden Sonntag in ihren Schlafzimmerkasten zurückgeschmuggelt, während die Eltern sich im Fernsehen die Nachrichten anschauten.

Seine Heiligkeit drückte er in freundlicher Neugierde aus (like a ripe lemon), zu erfahren, wie seine Exzellenz diese elektrischen Stoßwellen durch die Atmosphäre gejagt hatte. Den Fuß eines Hasen wollte er und fand das Bein einer Ziege am Wegrand. Und er sagte zur anderen Seite, er sagte: die anderen Buben haben die bessere Munition, mehr davon, und Zigaretten. Niemand nannte ihn einen Lügner. (Dezember 1998)

Uppsala, Grand Hotel, 31. August 2007

Ich weiß nicht, wann es angefangen hat, dass wir einander so auf den Leib rücken mussten. Als habe sich die Gewaltbereitschaft der Welt in uns konzentriert, uns zu feindlichen Mächten gemacht, unter einem seltsamen, unbeherrschbaren Zwang, den wir jedes Mal bereuten, wenn es schon zu spät war. Ich bin nicht streitlustig. Zeugt das von einem grundsätzlichen Desinteresse an Menschen, mit denen ich zu keinem Einverständnis kommen würde, einer Gleichgültigkeit gegenüber Menschen, die ich nicht mag? War dieses Streiten der Beweis dafür, wie wichtig wir einander waren? Deine Mutter hat das oft gesagt. Die Streitgespräche zwischen deinem Vater und ihr wären Zeugnis ihrer Zuneigung. *Wie die Augen auf der eigenen Stirn* liebt sie deinen Vater und hat sie ihn immer geliebt. Über dich hat sie übrigens unlängst dasselbe gesagt.

Dieses Mal hatte eine harmlose Verspätung den Kampf ausgelöst. Kampf ist ein großes Wort, aber tatsächlich habe ich es wie ein Gefecht erlebt. Ich war spät nach Hause gekommen, ein paar Stunden später als vorgesehen. Aber früher als ich wollte. Deinetwegen. Du warst ungern allein, besonders abends.
Weil ich dir das Alleinsein verkürzte, bekam ich eine stumme Ohrfeige. Hattest du im Vorraum hinter der Tür gelauert? Die Hand im Anschlag? Du hättest dir Sorgen gemacht, die schlagende Hand zeugte von dei-

ner Sorge um mich, riefst du. Fast hättest du die Polizei gerufen, aus Sorge! Weh tat sie nicht im Gesicht, deine Hand, obwohl die Wange gut getroffen war. Im Spiegel sah ich den Abdruck deutlich.
Was mir so in den Sinn kommt, über uns.
Was man nicht alles machen kann, mit Händen.

Was auf der Haut bis zum nächsten Tag vergeht, bleibt in der Seele hängen. Als wäre sie ein Netz, ausgebreitet, um Fische zu fangen. Was sie fing, war ein rostiges Stück Metall. Es blieb hängen, beschwerte das Netz, nach Tagen, Jahren noch zerdrückte es die kleinen Fische, ließ sich nie mehr herauslösen. Man gewöhnte sich daran. Bis es einem normal vorkam.

Ich hob meinen Mantel auf. Er war auf den Boden gefallen. Ich wollte gehen, zurück in den Schnee. Es war Winter an diesem Tag und es schneite in dichten Flocken. Du hast dich vor die Tür gestellt, mir den Ausgang versperrt. Jetzt bleibst du da!, schriest du. Herumtreiberin, du Hure! Deine Eifersucht sei nicht zu bezähmen, hast du dich am nächsten Tag entschuldigt, du wüsstest, es gebe keine Ursache. Trotzdem, du würdest meine Augen kennen, wüsstest, wie ich die Leute anschaute. Das sei gefährlich. Die wollten mich alle, diese Leute, wenn sie Männer waren.
Vielleicht hätte mich deine Annahme freuen sollen, die Schönheit, die du in mir sahst, sehe jeder. Es hat mich nicht gefreut.

Heftiger als beabsichtigt habe ich mich gewehrt. Ich hab dir die Hände unters Hemd geschoben, hatte lange, scharfe Fingernägel. Ich sei eine Furie, hast du gebrüllt, den Ausgang freigegeben, dir mit einem Ruck das Hemd über den Kopf gezogen, dich zum Spiegel gedreht und deinen Rücken über die Schulter im Spiegel angesehen.
Im Stiegenhaus habe ich noch gehört, wie du geschrien hast, du wolltest mich nie mehr sehen. Das war nicht das erste Mal, dass du so etwas gesagt hast, und jedes Mal haben wir uns danach wieder gesehen. In der Nacht lief ich durch den Schnee, überzeugt davon, einen Irren zuhause zu haben. *I'm sticking with you, 'cause I'm made out of glue.*

Am nächsten Tag habe ich ein Hemd im Mistkübel in der Küche gefunden. Ich habe es herausgezogen und mich gewundert, warum du ein Hemd einfach wegschmeißt. Es hat neu ausgeschaut. Dann habe ich die Blutflecken entdeckt, fünf in regelmäßigen Abständen von circa zwei Zentimetern.

Das Kamel, sie haben das Kamel getötet, riesige Messer hatten sie, und damit schnitten sie jetzt in das Kamel, bis sich der Sand ganz rot färbte, die Rinnsale liefen bis hin zu den fichi d'India, dickblättrigen Stachelgewächsen, die gelb blühen und hier oft als Grundstücksbegrenzung gepflanzt werden, natürliche Stacheldrahtzäune, die obendrein noch Früchte tragen. (Februar 1999)

Du hast deine Arbeit gewechselt, wurdest Dolmetscher, wie dein Großvater einer gewesen ist. Das würde dir leichter fallen als die Rezeption, hast du gesagt, die Arbeitszeiten seien dann geregelter. Du erzähltest Bilder. Täglich erzähltest du Bilder von Furchtbarem, die du den Mitarbeitern der Caritas übersetztest. Bilder, die mir den Schlaf raubten, ohne sie jemals gesehen zu haben.

Ohne anzuklopfen kamen sie in die Häuser. Verhielten sich, als wären es ihre. An den Schuhsohlen klebte Lehm, Schlamm von der Straße. Sie wischten ihn nicht ab, polterten in die Küche mit schmutzigen Schuhen, erblickten das Kind in der Ecke, die Wiege neben dem Herd. Das Baby sollte es warm haben, jüngstes Mitglied der Familie. Wenigstens das kleinste sollte nicht frieren. Sie sahen es und nahmen es an den Armen. Das Kind schrie. Es war winzig wie ein Neugeborenes, obwohl es schon zwei Jahre alt war, hatte kaum Haare auf dem Kopf, einen dünnen Flaum nur, wie ein Küken, zerbrechlich ohne den Schutz der Eischale. Es zu töten war einfach. Sie schlugen den Kopf gegen die Wand. Dann verlangten sie einen großen Kochtopf, füllten ihn mit Wasser, stellten ihn auf den Herd, neben die Wiege. Als das Wasser kochte, legten sie es hinein, ein menschliches *Chicken*, ein Huhn ohne Flügel. Das Wasser brodelte. Feuchte Spuren hinterlassend spritzten die Tropfen auf das Grau der Herdplatten. Kaum mehr als eine Stunde dauerte es, bis es gar war, ein mittelgroßer Feldhase (ohne Ohren). Dann ließen sie die Mutter den Tisch decken, große Teller mit blauem Blümchenrand, Gabel, Messer, der Vater musste sich zum Tisch setzen, auf die Eckbank an der Wand, dorthin, wo er immer saß. Im Hintergrund weinte ein Bruder. Niemand kümmerte sich um ihn. Die Mutter auf dem Sessel gegenüber führte langsam die Gabel zum Mund. An die Schläfe hielt man ihr eine Waffe. Das Fleisch war gut zu schneiden, kaum eine zähe Stelle. In der obersten Schublade hatten sie das Tranchiermesser sofort gefunden, der Griff aus rotem Plastik, die verbogene Spitze. Ergriffen ihren Ellbogen, zwangen die Gabel an ihren Mund, in den Mund, drückten den Kopf in den Nacken. Sie würgte, versuchte zu schlucken, erbrach sich dabei. Bis sie in sich zusammensank, auf den Boden fiel. Den Vater banden sie an das glühende Ofenrohr. Benzin schütteten sie an seine Füße, zündeten sie an, warfen Zeitungspapier dazu. Zerknüllte Nachrichten.

Was man sich unter Besetzern, Engländern, Partisanen und Milizen vorzustellen hat, ist nicht immer leicht auszumachen. Noch weniger, was zehnjährige Kinder darunter verstehen, die aus Zeitungsschnitzeln Bomberflugzeuge basteln. (März 1999)

Das Dolmetschen für den Flüchtlingsdienst ist dir nicht leichter gefallen, war keine Arbeit von acht bis sechs, keine Beschäftigung, mit der man einfach aufhörte, wenn man müde wurde. Sie kamen zu uns ins Wohnzimmer. Kamen in Flugzeugen, du hast sie empfangen. Die Caritas gab ihnen Psychologen und Gulaschsuppe. Die ersteren fürchten sie, die zweite hassen sie. An den Flachsen würgend nennen sie die Psychologen Teufelsaustreiber, Geisterfischer. Wollen keine Röntgenbilder ihrer Seele anfertigen lassen, keine Fotografien ihrer Gedanken in blau-weißen Exceltabellen, in Microsoft-Word beschriebene Fußtritte. Wollen nicht irr werden, verrückt gelten vor Freunden und Familie. Wer den Teufelsaustreiber braucht, der muss nämlich verrückt sein. Kommt ins Irrenhaus. Du hast nicht immer alles übersetzt, was sie sagten.

Dennoch verhielten sie sich nicht wie Flüchtlinge, die Entsetzliches mitgemacht haben und es daher nicht mehr wagen, sich an dem Ort niederzulassen, an dem sie zufällig gelandet sind. Man sah sie für sich oder beieinander sogar in einiger Gelassenheit sitzen. Nur einem genauen Beobachter fiel eine Rastlosigkeit auf, die sie immer wieder zum Aufspringen brachte, während sie aßen, zwischen den Bissen. Alleingelassen aßen sie meist im Stehen.

Dir ist aufgefallen, dass die Mitglieder einer Familie andauernd in den Stiegenhäusern und Hinterhöfen herumwanderten, in den Eingangshallen vor dem Haus zwischen Postkästen und Fahrradabstellplätzen, auf Balkongeländern gesessen sind und häufig auf Stufen. Mitleidig behandelt man sie, kaum mit Respekt.

Und dann sitzen sie auf den Gehsteigen, schauen in den Himmel, stundenlang, zucken zusammen beim Geräusch eines Flugzeugs, ziehen den Kopf zwischen die Schultern. Zwinkernd blicken sie dem Flieger nach, eine Hand schützend über den Augen. Bang, Bang!, brüllen die Kinder. Beidbeinig hüpfen sie im Kreis. Eine Bombe, schmeißt ihm endlich eine Bombe auf den Kopf, ja, ja, ja.

Einmal hat dir ein Mädchen ein Feuerzeug geschenkt. Ein kleines weißes Ding mit einem Bären drauf. Es war ihr das Liebste, das sie besaß. Ein Überbleibsel. Tot ihre acht Geschwister, auch die Eltern.

Umgebracht gehören sie alle, hast du abends bei den Nachrichten gesagt, gut, dass die NATO bombardiert. Ich bin total dagegen gewesen. Auf dem Bildschirm explodierte der Balkan, wir stritten am Küchentisch. In der Zeit hat uns dein Großvater oft angerufen, spät am Abend, hat beruhigend gemeint, es sei gar nicht so schlimm, wie es in den Nachrichten klingt. Die Blauhelme patrouillierten ruhig auf dem Boulevard in Tirana, vor dem Hotel Rogner. Er fahre nach wie vor ans Meer mit seiner Frau, in den ausrangierten Bussen, die aus Amsterdam kamen, oder Hamburg. Bunte Busse. Am Meer atmet es sich besser, hustet er weniger.

Haben Kriminelle keine intellektuellen Interessen? Latein, ich habe Latein studiert, sagt der Mörder zu seinem Knastbruder.

Und mit dem Taschenmesser tätowiert er sich ein Herz auf den Handrücken. (Oktober 1999)

Vorher bin ich in der Wiese gestanden, im Park, habe auf den Stadtplan geschaut, da sprach mich eine Frau an, eine Chinesin. Ob sie mir helfen kann, hat sie mich gefragt, vom Gehsteig her, ist zu mir ins Gras gestiegen, hat sich auf der Karte zeigen lassen, wo ich hin will, hat die Karte gedreht, bis die Himmelsrichtungen auf dem Papier den echten entsprachen. Frauen tun das angeblich oft, Männer seltener, habe ich mir von Männern sagen lassen. Du hast kaum Karten verwendet, hast dich lieber aus dem Autofenster heraus bei den Leuten auf den Straßen erkundigt. Die Hände der Chinesin sind rau gewesen. Die Haut ist in Fetzen abgesplittert, als wäre sie aus Plastik; an den Nägeln zerriss die Oberfläche der Finger. Aus ihrer Tasche hat Salat herausgeschaut. Drei Häupel. Vier Stangen Lauch.

Und dann gingen sie alle hinunter zum Schiff. Den Kiel direkt auf die Brecher gerichtet, setzten sie die Segel, und den Mast müssen wir geradebiegen, sagte er, dann segeln auf diesem Schwertschiff, immer vor dem Wind. Schafe hatten sie an Bord und ihre Körper, schwer vom Weinen, und den Wind, der von den Sternen blies. Die Segel straff im Sturm, rasten sie übers Meer bis ans Ende der Tage, kamen an die Grenzen der tiefsten Gewässer, zu Ländern und Städten von Völkern, die bedeckt waren mit feinst gewobenem Nebel, und nur gesplittertes

Sonnenlicht drang durch die Bretter. Auch hier deckten sich die Leute nachts miteinander zu. (Dezember 1999)

Er wird heute nicht mehr nach Hause kommen. Das sagte eine Stimme, die sich als „die Polizei" vorstellte und wer ich denn sei fragte, sobald ich mich meldete. Es war nachts, ich war erschrocken aufgewacht und kapierte nicht, worum es ging. Um ihren Mann, sagte die Stimme der Polizei, er ist in Haft und wird heute nicht mehr nach Hause kommen. Ich stellte mich noch einmal vor, sagte meinen Namen, fragte, was passiert sei, was denn los sei. Als Antwort bekam ich eine Wiederholung des schon ausgesprochenen Satzes. Er wird heute nicht mehr nach Hause kommen. Womöglich habe ich dir das noch gar nie erzählt. Dann wurde der Hörer aufgelegt.

Es war der Polizeiposten eines Straßendorfes, ein paar Kilometer außerhalb der Stadt. Du bist oft durch das Dorf gefahren, man musste unweigerlich durchfahren, wenn man die Stadt in westliche Richtung verließ. Nach so einem Anruf legt man sich nicht mehr schlafen. Ich bin in unserer Wohnung herumgestanden, in der Küche, immer wenn ich Schwierigkeiten hatte, bin ich in die Küche gegangen, und habe überlegt, wie du da hineingeraten sein könntest.
Dass deine Freunde manchmal CDs klauen und Bücher, ist mir eingefallen, vor allem Musiknoten. Dass einer von ihnen eine Gitarre gestohlen hat und wenig

später einen Verstärker. Einmal sind wir dabei gewesen, im Geschäft. Ich bin überzeugt gewesen, er schaut sich nur die Sachen an, die er sich nicht leisten kann. Draußen hat er ein kleines Mischpult unter der Jacke hervorgezogen. In seinem Zimmer hat er alles in der Bettlade versteckt, weil er immer fürchtete, es würde doch noch einmal jemand dahinterkommen und seine Wohnung durchsuchen. Du hast einmal Rasierklingen und eine Flasche Parfum mitgenommen, in einer Drogerie. Aber nur, weil du dein Portemonnaie vergessen hattest und mir das Parfum schenken wolltest und dich rasieren, bevor ich kam, lautete deine Entschuldigung. Ein zweifelhaftes Geschenk, habe ich damals gesagt und es nicht annehmen wollen. Du hast mir erklärt, es sei ja von einem Großindustriellen gestohlen und damit eigentlich Eigentum aller. Von kleinen Privaten würdest du niemals stehlen, dies aber sei ein demokratisches Statement gegen die Konzerne, die den kleinen Mann ausbeuten.

Ein Rasierklingendiebstahl konnte kein Grund sein, dich über Nacht im Gefängnis zu behalten. Mir ist dein Großvater eingefallen. Was würde ich ihm sagen, falls er anriefe, am nächsten Vormittag, und du wärst nicht da? Du seist im Gefängnis? Und ich wisse nicht, warum? Ein Prinzensohn darf nicht unschuldig im Verließ landen, und wenn, muss umgehend eine wackere Reitertruppe heranstürmen, die Wachsoldaten knebeln, die Ungerechten töten und den Befrei-

ten auf einem weißen Ross in die heimatliche Burg führen!
Hätte ich eine Reitertruppe gehabt, hätte ich die Pferde prompt gesattelt. Hätte ich ein Auto gehabt, wäre ich hingefahren, hätte das Gefängnis gesucht, die Polizeistimme identifiziert, allenfalls erpresst. Leider warst aber du mit dem Wagen unterwegs, es war ja deiner, dein erster Wagen, dein geliebter roter Wagen. So bin ich im Nachthemd in der Küche gestanden und zu keinem Entschluss gekommen, nur gefroren habe ich, weil ich barfuss auf den Fliesen hin und her gestiegen bin.

Ich habe meinen Vater angerufen. Väter sind für solche Situationen gemacht. Er würde noch einmal bei der Polizei anrufen, hat er gesagt und ist ganz ruhig geblieben. Als wäre er nicht einmal sehr überrascht, hat er getan, und ist keineswegs bestürzt gewesen. Ich habe mich gefragt, ob er etwas weiß, von dem ich nichts weiß.
Einem Vater erzählte „man“ bei der Polizei etwas mehr. Es gehe nicht um dich, sondern um einen Mann, in dessen Gesellschaft du dich befandest, erklärte die Polizei meinem Vater, und dass du bald wieder freigelassen würdest, aber nun aus Sicherheitsgründen einige Aussagen machen müsstest. Die Notwendigkeit, diese Aussagen um drei Uhr nachts zu erledigen, war mir nicht einsichtig. Ich solle mich hinlegen, hat mein Vater gesagt, und er werde dasselbe tun. Sonst sei

nichts zu machen, hat er gesagt. Ich habe mich an den Tag mit der Flasche erinnert, als du mich mit den Glassplittern in der Stirnhaut angeschaut hast. Nie will ich das glauben, dass nichts zu machen ist.

Ich habe mich also hingelegt und mir die Bettdecke angeschaut. Weiß mit braunen Tupfen, wie Sand ist sie mir vorgekommen, darum hatte ich sie auch gekauft, weil sie mich gleich an einen Strand erinnert hatte, als ich sie im Regal entdeckte, in einem Stapel von mindestens zwanzig Bettzeuggarnituren. In Sandtüchern schläft man gut, habe ich mir gedacht, während ich nicht geschlafen habe und befürchtete, du würdest jetzt in einer der grausigen Zellen, von denen man nie etwas hört, sitzen und auch nicht schlafen. Oder sie würden dich verhören, und kein Kommissar Rex, dich zu retten. Siehst du, sobald man in Bezug auf dieses Land über Zellen schreibt, fällt einem nichts Besseres ein als blöde Witze über domestizierte Wölfe als Kriminalbeamte.
Ich sehnte die Morgenfrühe herbei. Immer ist sie mir zu bald gekommen, hat mich nie bereit vorgefunden, niemals *munter*. Damals war ich viel zu wach. Ich bin aufgestanden, auf die Straße hinausgegangen. Ab und zu habe ich das getan, mitten in der Nacht auf die Straße hinausgehen. Damit du dir Sorgen machen würdest. Damit es dir leid täte, dass wir gestritten hatten. Ich habe mir vorgenommen, niemals mehr in der Nacht auf die Straße hinauszugehen, wenn du

nur wieder heil heim kämst. Als ich dreimal dieselbe Allee entlangspaziert war und eine Polizeistreife zeitgleich zweimal durch diese Allee fuhr, bin ich wieder hinaufgegangen, habe mich an den Küchentisch gesetzt.

Irgendwann ist es hell geworden, und auf einmal bist du wieder da gewesen. Dampfend bist du im Vorraum gestanden. Ich weiß nicht, welcher Dampf das war, aber ich habe gespürt, dass da etwas aus dir herauskam, der ganze Vorraum hat sich damit gefüllt. Ich war eingeschlafen, in der Küche, den Kopf auf die verschränkten Arme gestützt. Meine Großmutter hat immer so geschlafen, nach dem Mittagessen. Ich war eingeschlafen und hatte von dir geträumt. Davon, dass wir zusammen wegfahren, am Wochenende aufs Land. Unsere Eltern sind auch mit. Einen Riss in den Schuhen hast du, den du auf eigentümliche Weise flickst. Du nimmst einen meiner Hausschuhe, fünf Nummern zu klein ist dir der mindestens, steckst ihn irgendwie verkehrt in deinen Schuh, tust, als hättest du nie anderes getan, und ziehst den Schuh wieder an.
Von einer nächsten Nacht habe ich geträumt. In der nächsten Nacht spuckte ich Zähne. Einer nach dem anderen fielen sie mir in die hohle Hand, ein Häufchen weißen Elfenbeins, fingernagelfarbige Körpersteine. Sie liegen leicht auf der Handfläche. Feucht schimmernd heben sie sich vom Rosa der Haut ab, die

durchscheinend ist, im Dämmerlicht, zerbrechlich zart, deutlich macht, wie leicht es den Zähnen wäre, sich hineinzubohren, diese seidenpapierene Hülle zu zerreißen. Es ist hell geworden und ich habe gesagt, wie schade, so jung und ohne Zähne. Dann bist du im Vorraum gestanden.

Was haben sie mit dir gemacht, habe ich gefragt und dich vorsichtshalber gar nicht angerührt. Als hätten sie dich verseucht, wärst du ansteckend geworden, im Gefängnis. Es war licht draußen, blendend. So unvermittelt, wie du zurückgekommen bist, ist die Sonne herausgekommen, hat uns in der Küche ins Gesicht geschienen, und diese Plötzlichkeit ist mir auf einmal fast zu viel geworden. War ich im Finsteren ein mutiger Ritter, der mit Feuer und Schwert alle Gefängnisse gestürmt hätte, habe ich, wie du in diesem absurden Schein dagestanden bist, alle Felle dahinschwimmen sehen. Du bist mir auf einmal verdächtig vorgekommen. Als könnte einer gar nie unschuldig verhaftet werden, als läge da immer ein Kern von Kriminalität in demjenigen. Sie hätten mich fast erschossen, hast du gesagt, hast dich auf den Küchentisch gesetzt, nicht auf den Sessel. Hast mit den Beinen geschlenkert, als wären wir auf einem Ausflug.

Wir sind einfach auf dem Parkplatz gestanden, der Genzi und ich, hast du gesagt, an sein Auto gelehnt sind wir gestanden und haben eine Zigarette geraucht.

Dein Wagen war daneben geparkt. Ihr habt auf einen Freund von ihm gewartet. Du kanntest ihn gar nicht, warst einfach hingekommen, weil Genz dir diesen Parkplatz als Treffpunkt vorgeschlagen hatte. Weil ihr nachher etwas trinken gehen wolltet, er nur schnell seinen Freund hergefahren hatte, der etwas erledigen musste, auf der Polizeistation, die sich beim Parkplatz um die Ecke befand. Während ihr geraucht und nicht viel miteinander geredet habt, ist ein Polizist mit der Waffe im Anschlag auf den Parkplatz gerannt gekommen. Legt euch auf den Boden, hat er geschrien, streckt euch aus. Bauch nach unten! Hände weg von den Hosentaschen, sonst schieße ich. Er hat gezittert, in seiner Hand hat es die Pistole hin und her gerissen, hast du gesagt, du hast es gesehen und sofort die Zigarette weggeschmissen, dir gedacht, der hat mehr Angst als ich. Der schießt wirklich, vor Nervosität, wenn ich mich nicht sofort auf den Asphalt lege. Du hast einen hellen halblangen Mantel angehabt, und wie du dich in den Schmutz gelegt hast, hast du an die Flecken gedacht, die dein Mantel bekommen wird, die nie mehr herausgehen werden. Es ist ein kalter Tag gewesen, und du hast die Kälte der Straße durch den Mantel hindurch gespürt. Der Polizist ist zu dir hin gesprungen, richtig gesprungen ist er!, hast du wiederholt, hat sich über dich gebeugt, dich am Kragen gerissen, dir mit einem Knie ein Handgelenk gegen den Boden gedrückt, hat dir in die Taschen gegriffen, unters Hemd. Er ist jung gewesen, noch ein Bub eigentlich. Hat einen flaumigen brünetten Bart gehabt. Er hat dich am Gürtel gezogen. Aufstehen, hat er gesagt und schnell noch die Pistole auf Genz gerichtet. Du auch, hat er geschrien. Er ist wie irr gewesen, muss verrückt gewesen sein, kein Polizist handelt so, kein „Freund und Helfer", das ist doch die Werbung, hast du gesagt, die kommt sogar im Fernsehen. Endlich hab ich mich an dich gedrückt, nach deinem Handgelenk gegriffen. Ohne es anzuschauen hab ich gespürt, dass Krusten drauf waren.

Er hat euch hineingetrieben, in die Wachstube. Du müssest wenigstens daheim anrufen, hast du insistiert. Sie dürfen niemanden anrufen, hat der Polizist gesagt, geben Sie mir die Nummer. Da hast du ihm meine Nummer gegeben. Er hat nicht zum Telefon gegriffen. Zuerst müssen wir euch verhören, hat er gesagt und einen anderen Kollegen hereingerufen, der Genz hinausgeführt hat, dorthin, wo der junge nervöse Polizist hin verschwunden war. Er hat dich ein paar Stunden warten lassen, hat dich nichts gefragt, nur wenn du dich bewegt hast, hat er dich warnend angeschaut. Ich muss telefonieren, ich habe das Recht zu telefonieren, hast du es noch einmal probiert. Und auf einmal hat er mich angerufen. Du hättest ihm den Hörer aus der Hand reißen wollen, hast du gesagt, aber er habe noch immer eine Waffe am Gürtel hängen gehabt. Du hättest dich nicht getraut, seist dir vorgekommen, als wärst du in einen schlechten Film geraten, in eine irreale Spalte der Wirklichkeit, wo alle Furchtbarkeiten möglich und wahrscheinlich werden.

Endlich haben sie dir einen Kaffee gebracht. Haben sich irgendwie verändert. Haben gesagt, du sollest dir keine Sorgen machen, sie würden dich bald gehen lassen. Als sie dich schließlich gehen ließen, hat der zweite Beamte noch gesagt, sein junger Kollege sei ein bisschen zu nervös, noch nicht lang im Dienst, er habe ein bisschen überreagiert. Er habe Genz' Wagen draußen gesehen, mit der albanischen Nummerntafel, euch beide, wie ihr da rauchend gegen den Wagen gelehnt standet, und habe Verdacht geschöpft, habe sich gedacht, ihr würdet etwas aushecken, einen Überfall. Er selber, der zweite Beamte, sei gerade auf Pause gewesen. Der junge Kollege habe die ganze Verantwortung gehabt, habe nichts riskieren wollen. Den Waffenschein habe er auch noch nicht lang, hat der Polizist gesagt. Es sei ein Missverständnis gewesen. Ihm ist das verdächtig vorgekommen, meinem jungen Kollegen.

So sei das also hier bei uns, hast du gesagt. Sogar das Warten ist verdächtig. Mitsamt dem Mantel und den Schuhen hast du dich aufs Bett gelegt. Sonst habe ich mich jedes Mal aufgeregt, dass man nicht mit Schuhen ins Schlafzimmer gehen darf, dass das unhygienisch ist. Jetzt habe ich nichts mehr gesagt, ist mir mein Getue über die Hygiene übertrieben vorgekommen. Ich habe die Tuchent unter dir hervorgezogen und sie auf dich

draufgelegt, über die Schuhe. Dann hab ich mich dazugelegt, und wir sind gleich eingeschlafen.
Man hätte sie anzeigen sollen, diese Polizisten. Warum haben wir sie nicht angezeigt? Aus Nachlässigkeit? Einfach weil wir froh waren, es überstanden zu haben? Nichts mehr mit ihnen zu tun haben wollten? Wir hätten sie anzeigen sollen. Auf jeden Fall.

Verflucht sei, wer mit Waffen erobert, deren einziges Recht die Macht ist, sagte Altin zum Klang seiner Gitarre und streckte mit einem Faustschlag den Türsteher nieder, der ihm lange schon schief zu Gesicht gestanden war. (Jänner 2000)

Genua, Villa Rosa, 1. September 2007

Heut Nacht habe ich den Nachbarn wieder gesehen. Ich bin zurück aus Schweden. Ich habe meine zwei vertrockneten Pflanzen gegossen, die einmal ein Zitronenbaum und ein Rhododendron gewesen sind. Nur braune, blattlose Äste sind übriggeblieben. Zu lang bin ich weg gewesen. Die Bäumchen sind wohl hin. Der Nachbar hat von draußen gegrüßt, aus der Finsternis hinter seinem Wäscheständer die Stimme erhoben. Auch wenn es regnet, lässt er den Ständer einfach im Garten stehen. Mit einem Helm auf dem Kopf und einem Pizzakarton in den Händen, ist er da gestanden, im Licht, das aus meinem Fenster in den Garten fiel. Mit beiden Händen hielt er die Pizza fest, nickte zu mir herauf, bevor er in seiner Wohnung verschwand. Wie er heißt, weiß ich immer noch nicht. Ich hätte ihn rechtzeitig bitten sollen, mir die Bäume am Fensterbrett zu gießen. Er hätte nicht einmal einen Schlüssel dafür gebraucht, hätte direkt vom Garten heraufreichen können.
Mittlerweile ist Sonntag, und der Nachbar hat plötzlich einen glänzenden schwarzen Wagen im Garten stehen. Wenn ich Wagen schreibe, weißt du sofort, dass ein Auto gemeint ist. Kein Rollwägelchen, Kinderwagen, keine Scheibtruhe. Schiebetruhe hast du die genannt. Gelacht hab ich anfangs darüber, dabei gibt es da gar nichts zu lachen. Das Wort existiert. Nur hab ich es nicht gewusst. Nicht nur Orten tut es ganz gut, sie

manchmal aus der Ferne zu betrachten. Du fliegst mit einem Paprika im Hintern, hast du zu mir gesagt, wenn du sagen wolltest, ich ginge zu weit, ich würde übers Ziel hinausschießen. *Ti fluturon me spec në byth.*

Macja është e çmendur. Die Katze ist verrückt. Ein anderer Satz. Der zweite begriffene Satz in deiner Sprache. Ihr habt eine Katze gehabt in eurem Garten, eine ziemlich kleine Katze. Sie war grau getigert, lag selten auf dem Steinboden, wenn die Sonne schien, strich meist um die niedrigen Büsche, die der Mauer entlang ungezähmt wucherten. Minze war darunter, *nenexhik* nannte deine Großmutter diese Minze. Sie hieß Bibika, sprach Türkisch, Italienisch, Russisch und Albanisch, war Biologin, kämpfte aber mit einer ungeheuren Angst vor Mäusen. Eine über den Steinboden huschende Maus trieb sie auch mit fünfundsiebzig noch kreischend auf den Küchentisch.
Im Garten deiner Großmutter habe ich dir von meinem Katzenfriedhof erzählt. Er befand sich gleich neben dem Misthaufen, in der hintersten Ecke des Gartens. Drei Miezen faulten da, eng nebeneinander. Eine der drei war vergiftet worden, die anderen überfahren. Der vergiftete Kater war glänzend schwarz gewesen, nur unter dem Kinn besaß er einen weißen Fleck. Er war mein Liebling. Eine kurze Liebe wiederum. Ich bin einen Meter fünfundzwanzig groß gewesen und habe gedacht, ein Rassist müsse da am Werk gewesen sein. Der Mörder wurde nie gefunden.

Niemand hat ihn auch je gesucht. Später sagten meine Eltern, es sei ein Versehen gewesen. Jemand hat Rattengift ausgestreut, in Fleischstücke gewickelt, der arme Kater mit dem weißen Fleck hat es gefressen.

Den Großteil deiner Kindheit hast du bei deiner Großmutter verbracht. Deine Eltern waren in ein Bergdorf verbannt, würde man sagen. Aber so hast du es nicht gesagt. So haben sie es auch selber nie genannt. Elektroingenieur war dein Vater, die Mutter Geigenlehrerin. Am Wochenende kamen sie in die Hauptstadt. Jeden Tag stellte deine Großmutter sich um vier Uhr in der Früh in die Reihe vor dem Milchgeschäft. Vielleicht hast du es mir schon am ersten Tag erzählt, unter der Brücke, gegenüber dem Haus, in dem ich wohnte. Wie du es mir erzählt hast, hat es geklungen, als gäbe es kaum Herrlicheres als ein Glas Milch, das sich eine Großmutter durch stundenlanges Warten im Morgengrauen erstanden hat.
Sie hat mir auch die Namen der Früchte beigebracht. *Shalqi*. Die Wassermelone. *Portokall*. Orange. *Mol*. Apfel. *Shakë*. Granatapfel.

Offenbar habe ich einen Akzent aus dem Norden, wenn ich Albanisch spreche. Ob ich aus Shkodra sei, fragten mich deine Bekannten, wenn wir sie auf der Straße beim Flanieren trafen. Ob ich aus dem Kosovo sei, fragte mich der Rektor der Universität, als ich ihm ein Forschungsprojekt vorschlug. Er wirkte er-

leichtert, als du ihm die Wahrheit erklärtest. Eine Österreicherin!, rief der Rektor und legte mir die Hand auf die Schulter. In keinem anderen Land bekam ich den „Österreicherbonus" so selbstverständlich wie bei euch. Als sei es eine Leistung, dort geboren zu sein. Aus dem Forschungsprojekt ist trotzdem nichts geworden.
In den Kosovo sind wir nie gefahren. Du zogst andere Urlaubsorte vor. Davon abgesehen, legtest du Wert auf den Unterschied zwischen „Albaner" und „Kosovar". Das seien zwei ganz verschiedene Nationen, ganz verschiedene Länder. Die Kosovaren hätten es in gewisser Hinsicht leichter und in anderer Hinsicht schwerer gehabt als ihr. Leichter hätten sie es in jedem Fall damit, sich an den „Westen" zu gewöhnen. Im Kosovo hätte es immerhin schon lange moderne Elektrogeräte gegeben.

Eines Tages, im Laufe eines der unbeschwerten Sommer vor 1997, ist deine Großmutter Bibika unterm Türstock umgefallen und gestorben. Im Nachhinein fällt mir ein, dass sie mich beim Abschied besonders fest an sich gedrückt hatte, gesagt hatte *shpresojmë*, als ich ihr versicherte, wir würden uns bald wieder sehen. Hoffen wir es. Lange hat sie uns nachgewinkt, ist vor dem grauen Haustor gestanden. Dein Vater lenkte den Lancia über die damals noch unasphaltierte Gasse, am Waisenhaus vorbei, das die gleichen grauen Tore hat wie euer Haus. Auf den Schränken standen im Herbst und über den Winter flache handgeflochtene Strohkörbe, mit Khakis und Granatäpfeln gefüllt.

Zwei ihrer Briefe, an uns beide gerichtet, habe ich auch auf dem Heuboden gefunden:

„Es ist lange her, dass wir miteinander korrespondiert haben, aber zum Glück gibt es ja auch noch das Telefon, das die Leute einander heutzutage näherbringt. Deine Mutter war zwei Wochen lang hier in Tirana. Wir hatten eine wunderbare Zeit, erfreuten uns an einigen Ausflügen nach Kruja und zum Strand. Immer mit Eurem neuen Auto, das Dein Onkel sehr vorsichtig fährt, obwohl der Verkehr entsetzlich ist und es unglaublich viele Unfälle gibt. Wie geht es Deinen Eltern? Und der Schwester? Und Du, mein lieber Bub, wie freue ich mich zu hören, dass Du die Schule weitermachst! Ich weiß, die Arbeit ist sehr anstrengend, aber ein paar Opfer kann man schon bringen, und die heutige Zeit verlangt gebildete Leute. Wir denken an Euch, immer voll Sehnsucht, warten auf Eure Briefe und Beschreibungen des Lebens, das Ihr dort führt. Hier treffen wir uns oft, Tante Ente, die Mädchen, Uci, Abi, der Onkel und Elira. Deine Kusine glänzt in der Schule. Sie ist sehr gut in Englisch und am Computer. Alma lernt jetzt auch Deutsch. Nun mache ich Schluss, sage noch einmal, wie gern ich Euch habe, umarme Euch alle und warte auf Euren Brief.“

„Eure Oma hat solche Sehnsucht nach Euch, obwohl es noch nicht lange her ist, dass Ihr wieder abgereist seid. Ich denke oft an Euch, immer in der Hoffnung, dass wir uns bald wieder sehen werden. Eure Mutter hat uns ein bisschen abgelenkt, aber auch sie fährt bald wieder. Ich hoffe, dass es Euch allen gut geht, ärgert Euch nicht und werdet nicht böse über den täglichen Sorgen. Wir lieben Euch sehr und umarmen Euch immer."

Weißt du, dass wir ihr nie geschrieben haben? Kein einziges Mal, fürchte ich.
Drei Wochen ist dein Anruf jetzt her. Seither nichts. Ich habe mich bei deiner Mutter gemeldet und nach dir gefragt. Vertrauter als du ist mir deine Mutter geworden im Laufe der Zeit, der letzten Jahre. Sie hat auch schon eine Weile nichts mehr von dir gehört, und ich habe getan, als erkundigte ich mich nur *en passant* nach dir, als ginge es um sie, hätte ich ihretwegen angerufen. Von unserem Telefonat habe ich ihr nichts erzählt. Es hätte sie nur beunruhigt, sie hätte wieder zu weinen angefangen, weint ohnehin zu oft, wenn ich mit ihr telefoniere. Sie hätte es als Zeichen gedeutet, ein Zeichen dafür, dass du mich zurückhaben willst, hätte ihre sonderbar unerschöpfliche Hoffnung, es sei nicht ganz „aus" zwischen uns, könnte wieder werden, erneut genährt.

Deine Großmutter hat ein einfaches Begräbnis gehabt. Ob sie gläubig war, weiß ich nicht. Eine Hoffnung hat

sie jedenfalls gehabt, und diese Hoffnung war eine Frau. Sie war die Empfangsdame des Oberhauptes ihrer Religionsgemeinschaft, der muslimischen Bruderschaft der Bektaschi, Bewacherin der Prophetengräber in der Vorstadt Tiranas, und wünschte mir Söhne. Das nächste Mal will ich dich mit einem Buben sehen, sagte sie. „Hoffnung“ war ihr Name. Der Babai hielt meine Hand fest, führte uns zu einigen Stühlen, seiner war grasgrün, meiner bunt gemustert. Ein Diener brachte Zuckerl mit Fruchtgeschmack. Neugierig schauten die Augen dieses seltsamen Heiligen in meine, durchdringend und blau. Trotz seines Alters und des dicken Wansts, der aber auch heilig ist, wirkte sein Gang noch recht stabil. Seine *Teqe*, wie das Gotteshaus genannt wird, ist die größte der Welt. Seinen Namen kennt niemand. Alle nennen ihn *Babai*, Vater. Wie viele Gläubige zu seiner Gemeinde gehörten, wusste er nicht. Habe ich dir bereits ein Bonbon gegeben?, fragte er. Während ich mit ihm sprach, ließ er meine Hand nicht los. Er trug einen langen weißen Bart und ein grünes Kleid. Jeder, der in diese Kirche kommt, erhält ein Zuckerl, sobald er sich die Schuhe ausgezogen und in einem mit Teppichen ausgelegten und Gemälden behängten Empfangssaal Platz genommen hat.
Ich schüttelte den Kopf. Wenn Albaner ihre Zustimmung ausdrücken, schütteln sie den Kopf. Wenn sie Nein sagen, werfen sie ihn in den Nacken. Natürlich habe ich das Bonbon bekommen. Es steckt in meiner Hosentasche.

Im Aschenwald versteckte ich mein Gesicht dort, wo die Eiche ihre Blätter ausbreitete. Ein Scherz, und auch ich hatte eine Braut. Die Tränen wickelte ich in das Blatt einer Eibe. (Februar 2000)

Die Kirche des Babai ist ein Haus mit grünem Dach. Es gibt weder Minarett noch Kirchturm. Steht man vor dem Portal, liegen dahinter Berge vor einem wolkenlosen Himmel und davor das unbändig sich ausbreitende Tirana. Etwa fünfzig Meter vom Hauptgebäude entfernt befinden sich drei Kapellen mit runden Grundrissen und ebenfalls hellgrünen Dächern, die in der Mitte zu einem Punkt zusammenlaufen, aus dem ein kurzer Stab mit weißer Spitze aufragt. Elf weiße Striche teilen die Dächer in jeweils zwölf sich nach oben hin verjüngende Teile. Die Fenster bestehen aus bunten Glasvierecken. Es sind die Gräber wichtiger Heiliger und Propheten.
Ich stellte dem Babai eine Frage, er erzählte Geschichten. Geschichten, deren Pointe immer erst deutlich wurde, wenn er zum Ende kam. Manchmal erreichte er das Ende nicht.

„Ein Bub zog aus, um ein Mädchen zu finden, das er zur Frau nehmen konnte. Das Mädchen hinkte ein wenig. Das Haus ist sehr schön, sagte der Bub, als der Vater des Mädchens ihm seinen Besitz zeigte, doch der Kamin ist ein wenig schief. Der Vater schüttelte den Kopf und dachte, der Bub ist ein bisschen schief im Hirn. Lass uns zum Friedhof gehen, sagte der Vater.

Am Friedhof angekommen, fragte der Bub, ob hier denn alle tot seien oder es noch etwas Lebendiges gäbe. Der Vater griff sich an die Stirn, seine Gewissheit, dass der Geisteszustand dieses Buben zu wünschen übrig ließ, wuchs minütlich. Du siehst es doch, dass alle hier tot sind. Ein Friedhof, was soll es da noch Lebendiges geben? Als der Bub sich verabschiedet hatte, fragte das Mädchen ihren Vater, was er von ihm halte.
Der war dumm, sagte er.
Warum war er dumm? Was hat er getan?
Unseren Kamin da, der ganz gerade ist, hat er schief genannt.
Und was noch?, fragte das Mädchen.
Auf dem Friedhof hat er gefragt, ob hier alle gestorben seien oder da noch etwas lebte.
Ach Vater, der Bursche ist intelligent!, sagte das Mädchen. Der Kamin, das bin ich, weil ich hinke. Und auf den Friedhöfen gibt es immer noch Geschichten, die bleiben, auch wenn alle verstorben sind."

Geschichten, an die man sich erinnert, wiederholte der Babai, als er mit seiner Geschichte fertig war. Vor einem offenen Grab stehen drei Dinge, sagte er, das Kind, der Reichtum und das Wissen. Die Kinder und der Reichtum werden der Grube den Rücken zudrehen. Aber das Wissen werfen sie mit dem Toten hinein und schaufeln zu. Wenn du etwas hinterlassen hast, wenn du etwas aufgeschrieben hast: gut. Wenn du das nicht getan hast, liegt alles bei dir im Grab.

Sie haben uns den Weg versperrt, sagte er auf meine Frage, ob er nach Mekka pilgere. Ich dachte an Straßenblockaden, eingestürzte Brücken. Er dachte an Einreisevisa, hatte die gleichen Grenzen wie du. Früher, zur Zeit des König Zogu, hätten viele Albaner Mekka besucht. Die Kommunisten haben uns die Straße abgeschnitten. Schnipp, schnapp! Laut und rau hat er gelacht. Erst 1991 ist er zum ersten Mal in Mekka gewesen.
Der Babai hat uns damals beiden ziemlich imponiert. Auch nach Deutschland, nach Italien, nach Amerika sei er gefahren. Nicht viele könnten sich das leisten.
Als junger Mann habe er Kanäle gegraben. Warum, wusste er nicht, doch damals stellte man keine Fragen. Sie zwangen ihn zu sagen, es gebe keinen Gott. Egal was man sagt, hat der Babai gesagt, Gott ist immer da. Das Wichtigste seien die Beine, denn das größte Heiligtum seiner Bruderschaft, das Grab des Imam Hussein, liegt am Gipfel eines Berges. Einmal im Jahr gibt es ein großes Fest auf dem Berg. Zu dem Fest kommen Tausende. Sogar der Präsident sei einmal gekommen. Der Präsident sei dort oben gestanden und habe heruntergeschaut und gesagt: „Es wundert mich.“ Siehst du jetzt, wie wichtig die Beine sind? Ich sah alles ein.

Genua, Villa Rosa, 3. September 2007

Der Friedhof, auf dem die Knochen deiner Großmutter liegen, ist woanders. Oben am Hügel. Von dort aus sieht man die ganze Stadt, wie sie gewachsen ist, wie sie wächst, ein monströses Riesenbaby geworden ist, das noch immer dieselben Socken trägt wie früher, als es klein war. Kreuze gibt es keine auf diesem Friedhof, nur weiße Steine. Man sieht sie vom Nordende der Stadt aus. Es ist gut, wenn die Lebenden einen Ausblick auf die Toten haben.

Mit Stolz verbrachte man die Zeit damit, Gerüchte zu verbreiten. Das hielt die Dinge ab von den Zentren. Plappermund, erfunden aus dem einen Grund, denn nicht die ganze Familie sollte leiden. Der ganze Stamm aus einem Körper, wie könnte man es sich anders vorstellen? Kleine Vögelchen singen immer im Chor. Die Harmonie liegt in der Proportion der Äste zueinander, die Klarheit, das Mitgefühl, die Wurzeln des Khakibaumes, rote Früchte trug er, alljährlich die rötesten Früchte, auf den Schrank gelegt, bis zur Reife. (März 2000)

Nachdem die Großmutter begraben worden war, sind wir ein bisschen durchs Land gefahren. Wir haben weiße Steine gesucht, ins Wasser geworfen, ganz flach, damit sie lange nicht absinken, von einem Wellenkringel zum andern springen. Unsere blassen Knöchel im purpurroten Feld der Wiesen hinter den Dünen. Achtung, diese Pferde sind Wildpferde, die auch nach hinten ausschlagen, wenn du ihnen zu nahe kommst! (Und wirf diese Coladose nicht ins Gebüsch, hörst du, tu das nicht, ich seh dich genau.) Auch Rinder gab es, eine uralte Rasse, anderswo bereits ausgestorben. Ein vergessenes Tier an einem vergessenen Ort. Geißfußtritte im Schlamm, abwechselnd mit unseren hellhäutigen, runzeligen Zehen. Ein schwarzer Hahn wuchs aus dem Uferschaum. Bienenfresser auf Futtersuche über den Tamarisken. Ein alter Mann neben dem blauen Fischerboot auf einem Hocker vor seiner Baracke. Er grinste, hatte kaum Zähne, winkte dann, zeigte nach hinten in die Lagune. Und jetzt sahen wir sie auch, helle Flecken auf der Wasseroberfläche, langsam landeten sie, einer nach dem anderen: Pelikane.

Wir übernachteten in einem Hotel ganz nahe an der Flutlinie. Hotel hieß es, weil es früher einmal eines gewesen war. Strom gab es keinen. Auch das Wasser war abgedreht. Im Garten standen hohe immergrüne Bäume. Bei Kerzenlicht aßen wir über dem Feuer gebratenen Aal aus Blechtellern. Die Bettdecken rochen schimmelig, fühlten sich feucht an auf der Haut. Im Keller spielten die Männer aus der Lagune Billard. Wir gingen auch hinunter, tranken Wodka mit Zitronenwasser, bis es wieder hell wurde. Morgens fingen silbrigglänzende Spiegel die Federn der Pelikane, wir erwachten in ein kühles violettes Licht.

Und sei es nur die Sonne, die dies alles erträglich macht, sagte Mr. Dyrnjaja. (Juni 2000)

Die Männer aus der Lagune servierten Kaffee in kleinen Gläsern. Wir fuhren weiter. Du wolltest mir etwas zeigen. Im Halbland, zwischen Küste und Wasser, standen vier Türme – ein ehemaliger Kerker mit unsichtbaren Mauern. Nadelholz im Sand. Auf der Zufahrtsstraße blieb der Wagen dreimal stecken. Sie ist nicht asphaltiert und halb versunken im Schlamm. Gegründet wurde die Siedlung in den siebziger Jahren zur Unterbringung politischer Häftlinge, die in Straflagern der Umgebung arbeiteten, die Sümpfe um *Divjaka* trockenlegten, wo nun Äcker zu Brachland werden, das Meer und der Fluss bereits wieder das ihnen mühsam abgerungene Land zurückgewinnen.

Was aus der Ferne ausgestorben schien und reglos, entpuppte sich beim Näherkommen als wurlendes Menschennest. Erst kamen die Hunde, bissen im Laufen in die Räder des langsamer werdenden Wagens, umsprangen uns kläffend und schwanzwedelnd zugleich. Bis zu den Knien, Hüften, steckten die Bewohner der Siedlung im schlammgefüllten Straßengraben, hielten Schaufeln in den Händen, große Plastikkübel, mit denen sie Wasser schöpften, es durch weiße Tücher gossen, die ein Filter sein sollten für den Dreck, trugen es über eisernen Wendeltreppen hinauf in ihre Badezimmer.

Schon wochenlang haben wir kein Wasser, keinen Strom. Die Pumpen sind kaputt, und dabei ist hier unten alles überschwemmt. In den Erdgeschossen ertrinken die Katzen, die Möbel verschimmeln. Oben wimmern die Kinder vor Durst. Schreib das, ja, schreib das und film es, zeig es denen in Europa. Eine Straße haben sie uns versprochen. Seit zwei Jahren versprechen sie uns das, eine richtige Straße, machst du das, ja? Sagst du es ihnen und sagst ihnen, die Straße, sie haben es uns versprochen, weil das Gebiet jetzt auch touristisch erschlossen werden soll, der Strand vermietet an die, die mit Taxis kommen, wie im Fernsehen, bitte, machst du das, sagst du ihnen das, dass sie es uns versprochen haben?
Sofort waren wir umringt. Es war eine illustre Gesellschaft. Der Bürgermeister, oder einer, der es werden wollte, schüttelte uns die Hand. Alle wollten sie auf ein Foto, das ich nicht machte. Ihnen zuliebe tat ich, als ob. Sie luden uns ein, boten Kognak an, frisch aufgeschnittene Wassermelonen.

Der Bub saß zwischen den Mülltonnen am Boden, betrachtete konzentriert die freien Sandstellen zwischen den Papierfetzen und Blechdosen. Entschuldigen Sie, aber die Katzen haben alle Säcke aufgerissen, alles hier rundum versaut, sagte er zu mir. Er wirkte konzentriert, suchte nach etwas, das er mit einer hellblauen Plastikflasche, deren Öffnung er langsam im Schotter hin und her bewegte, einfangen wollte. Dann sprang er auf, vollführte Luftsprünge um die Müllcontainer, ich hab sie, hab sie, sie paaren sich, da drinnen, Eier werden sie legen, und ich hab sie. Zwei Käfer meinte er, rote Feuerkäfer mit schwarzen Körpern.

Mit dem Unterschied: damals war ich frei, im großen Ghetto, aber aufrecht, nun steh ich da, auf der neuen Brücke zu einer neuen Ära, mit der alten Augenentzündung. Und er schnitzte Seejungfrauen, so wie seither niemand mehr, sagt der alte Wächter, für das Schatzkästchen. Heilige Maria Mutter Gottes, Madonnina del Duomo, Salam Aleikum und Amen. Der Platz der Schädel ist hinten rechts, wenn du reinkommst. Auf dass es mir Glück bringe, häng ich einen Walrosszahn mir um. (Juli 2000)

In Kruja. Das Gesicht olivenfarbig, oval unter dem turbanartigen Stück Stoff auf seinem Kopf, stellte er sich uns neugierig in den Weg, starrte uns an und wir starrten zurück. Bis schließlich jemand etwas aussprach. Es war eine Einladung. Im Inneren des Hauses war es dunkel und kühl. Aus dem grellen Mittagslicht kommend, mussten sich die Augen erst an die Finsternis gewöhnen, und im ersten Moment tappten wir blind einige Schritte, wichen unsichtbaren Hindernissen aus. Kleine runde Tische, niedrige Stühle mit buntgewebten und bestickten Sitzpolstern, die Wände behangen mit Teppichen aus handgesponnener Schafwolle, befanden wir uns überraschend im Schmuckstück der Stadt, einer Gaststätte im traditionellen Stil. Trauben-

schnaps wurde angeboten und Ouzo, serviert in Coca-Cola Gläsern auf einem Silbertablett.
Was führt euch hierher, wohin sich doch niemand mehr verirrt, seit den Pyramiden vor zwei Jahren, als CNN verkündete, dass die Leute aus den Bergen töten und die Straßen aufessen. Wen kennt ihr? Der Sohn des Elektroingenieurs bist du, *me t' vërtet*? Der hier alle Leitungen gelegt hat, Fernsehkabel, Steckdosen für Waschmaschinen? Diese Strommasten vor dem Haus, ja, die hat er aufstellen lassen. Welch eine Freude, Gott gebe euch hundert Jahre und noch mehr Kinder! Die Gattin war Geigerin, nicht wahr? Eine Schönheit.
Wir sind auf die Post gegangen, um deine schöne Mutter in Mailand anzurufen. Um die Mütter kommen wir nicht umhin. Die Warteschlange vor dem Telefonschalter rückte nach links. Der Apparat, auf den sie warteten, hatte seit zwei Stunden keine Verbindung mehr zustande gebracht. Es gab aber eine zweite Linie. Nach Sonnenuntergang wurde es kühler in der Halle, die Frauen fächelten langsamer, ließen die Hände mit den Luftpostbriefen, die sie als Fächer benutzten, zwischen den Falten ihrer Kleider verschwinden. Die Telefonistin schwitzte noch immer.
Sie war jung, einige schwarze Strähnen klebten ihr schief auf der Stirn, während sie unermüdlich zustimmend den Kopf schüttelte. Jeder bekommt seinen Anruf. Jeder, ja, ich probiere es gleich noch einmal. Wir warteten lediglich eineinhalb Stunden, internationale Ferngespräche funktionierten besser. Jemand ver-

teilte Weintrauben aus einem großen Korb, sehr reif und staubig, Weintrauben für alle. Die fächelnden Frauen. Die Buben, die auf den Fensterbänken turnten und mit den Beinen schlenkerten. Ein ältlicher Herr am Stock, der auf einen Anruf aus Amerika wartete. Die Telefonistin. Sie hielt die Trauben in der einen Hand, während sie mit der anderen ununterbrochen die Wählscheibe drehte, kaute und spuckte die kleinen Kerne in einen Aschenbecher, wenn eine Verbindung zustande kam. Als ich den Hörer genommen hatte, hat die Telefonistin nach meinem Handgelenk gegriffen, die aus bunten Wollfäden geflochtenen Armbänder betastet.

Der Onkel auf dem Motorrad, und hinten: die Ente. Ihr, die ihr diesen Weg hier kennt, lebt Don Enfer noch hier? I do not know, sagt die Zigeunerin mit dem Goldzahn, oberer Backenzahn, ganz hinten, diese Lampe ist für die Jungfrau, und wollen Sie, dass ich Ihre Hände lese? Want me to read your palms? Nicht kämpfen, sagt die Nachbarin, meint, arbeite nicht so hart. Und wer bringt mir Glück, oh Allah, wer? Wer ist schuld, wer macht hier die Fehler? Dieser Schmetterling ist mir durch das Rauchloch entwischt. Und Onkel Hassan studiert den Nacken der Ente am Strand, bezieht daraus seine Energie.
Onkel H. wie eine Statue.
Onkel H. wie eine Statue in Venedig,
Onkel H. wie eine Statue in Wien,
Onkel H. wie eine Statue in The United States of America, San Francisco, California.

Onkel H. wie eine Statue auf den Nacken der Ente starrend. (Juli 2000)

Mit deinem Vater sind wir auch unterwegs gewesen. Auf dem Hügel, dort beim Kloster, ist er gestanden, hat über die Felder geschaut. Meine Felder waren es, unsere Felder waren es, sagte er, mit den Händen in der Luft alles einkreisend, was sich in Sichtweite befand. Unsere Bauern waren es, unsere Ernte. Einst brauchten unsere Großväter nur hier oben zu stehen und die Fuhren zu zählen, die zum Markt geschickt wurden, und die, die zurückkamen, vollbeladen oder leer.
Ein paar Minuten später hat es zu regnen angefangen, die Konturen sind verschwommen, Wiesen und Äcker haben sich im grauen Dunst aufgelöst, der langsam bis zur Hügelkuppe heraufgezogen ist. Mönche in ihren braunen Kutten sind aus dem Kloster herausgekommen, haben sich neben deinen Vater gestellt. Er lächelte sein verstecktes Lächeln. Ein Lächeln, das sich immer einen Zweifel einräumt, ob es sich auch auszahlt, da zu sein. Aus der Küche hat es nach gebratenem Fleisch gerochen. Lamm, habt ihr beide sofort erkannt. Wir haben einen Tisch beim Fenster genommen. Die Landschaft wirkte herbstlich, obwohl es Sommer war. Im Innenhof des Klosters lagen Laubhaufen. Der Kellner, kein Mönch, ein Page in dunkelblauer Samtjacke, golden verziert, brachte Oliven und Raki zum Aperitif. Dein Vater schaute aus dem

Fenster, seufzte leise, dachte vermutlich an seine Vorfahren, fühlte sich wie sein eigener Vorfahre und war zufrieden, mit gebackenen Erdäpfeln in Rosmarin.
Mit vollem Magen sind wir nach Hause gefahren, haben kurz hinter dem Pinienwald angehalten, der die Straße vom Strand trennt. Da drüben bauen die Amerikaner eine Villensiedlung, sagte dein Vater, und hier, auf dieser Seite, da werden wir Felder zurückbekommen. Die Regierung gibt uns jetzt Land am Meer, denn die Bauern können sie ja nicht wegjagen. Sobald es soweit ist, werden wir eine größere Villensiedlung bauen als die Amerikaner, dreistöckig alle Häuser, mit Swimmingpool am Dach.

Der rechte Zeitpunkt für die Keimung, nur Maulbeerbäume zu haben für die Seidenfalter, sodass das Dorf sich ausbreiten kann, und mögen die Grenzen des Tales die vier Meere erreichen. (August 2000)

Genua, Villa Rosa, 4. September 2007

Nach zwei Wochen sind wir wieder „heim“ gefahren. Sogar du hast es so genannt. Und nicht erst, seit wir verheiratet waren. *Si e keni kaluar?,* hat Mr. Dyrnjaja gefragt, als er uns vom Flughafen abholte. Wie habt ihr es verbracht. *Mirë, shumë mirë.* Dass du immer alles „gut“ geheißen hast, sei ihm wahnsinnig auf die Nerven gegangen, hat er mir später erzählt. Da lebte er schon in England. Ja, ihn sehe ich ab und zu. Wie gesagt, auch von der Geburt seiner Tochter habe ich gehört. Ihn treffe ich nicht so häufig wie deine Mutter, aber ich sehe ihn. Er ruft mich an. Seit er nicht mehr in Österreich wohnt, lobt er das Land in den höchsten Tönen. Nur dort würde er leben wollen, sagt er, wenn er es sich aussuchen könnte, nur dort.

Die Wochen nach dem Tod der eigenen Großmutter „gut“ nennen, das sei ihm zuviel gewesen, hat er mir kürzlich noch einmal erzählt. Auffallend, dass ihn das noch immer beschäftigt. Ihr solltet euch wirklich versöhnen.

Eigentlich sind wir vor allem „heim“ gefahren, nach diesen zwei Wochen, weil du einen neuen Pass bekommen solltest, den ersehnten *Passepartout* in die Grenzenlosigkeit. Die Belohnung für fünf verheiratete Jahre. Die Jahre an sich sind Lohn genug, hast du gesagt, und diesmal bin ich mit Mr. Dyrnjaja einig gewesen, dass nicht alles „gut“ zu heißen ist, was man erlebt.

Die Vorladung ist wirklich im Postkasten gelegen, als wir zurückkamen. Nach einem letzten Gespräch, zu dem du deine Gattin mitbringen solltest, würdest du voraussichtlich die ersehnte Staatsbürgerschaft bekommen. Trotz der Vorbehalte in der Formulierung ist es uns vorgekommen, als hättest du sie schon, als stündest du schon mit dem Pass in der Hand am Flughafen, deinen Großvater zu empfangen, dessen Besuch dir jetzt, da du Einheimischer warst, wohl niemand mehr verweigern konnte. Den sie dir doch genehmigen mussten. Einen Verwandtenbesuch. Dann könntest du dich scheiden lassen, hast du gesagt. Ja, endlich!, hab ich geantwortet, und wir haben gelacht und sind essen gegangen, zu einem Griechen. Da haben albanische Bekannte von dir gearbeitet, die uns immer einen Spezialpreis machten.

Warum war Ihre Frau denn nicht da, als wir kontrolliert haben?, hat die Beamtin gefragt, als wir vor ihr gesessen sind, nebeneinander. Weil ich im Ausland war, unterwegs, habe ich geantwortet, ich mache Wasseranalysen. *Sie* habe ich nicht gefragt, sondern ihn, hat sie mich angefahren. Es ist wie ein Verhör gewesen, als müssten wir uns rechtfertigen, unsere Unschuld beweisen. Ich habe getan, als merkte ich das nicht, als fände ich das Benehmen der Frau völlig in Ordnung, hab den Mund gehalten und deine Hand unter dem Tisch. Du bist da diplomatischer gewesen in solchen Situationen, hast besser gewusst, wann den Mund halten.

Ich übertreibe oft. Will immer alles gleich sagen. Ich denke an den Tag, als wir nach Mazedonien gefahren sind und an der Grenze schon zwei Stunden warten mussten, weil irgendwelche Formulare fehlten. Weil der Kurier, der diese Formulare brachte, gleich kommen würde und wir nicht über die Grenze gelassen wurden, ohne diese Formulare ausgefüllt zu haben. Mir ist in dem Moment unversehens vorgekommen, wir vergeudeten unser Leben mit dem Warten vor Grenzposten. Seit wir vor dem hölzernen Hüttchen standen, in dem der Grenzer saß, der auf den Kurier mit den Formularen wartete, waren bereits zehn oder fünfzehn andere Wagen vorbeigefahren. Wagen mit albanischen Kennzeichen, versteht sich. Dein Wagen war rot, staubrot und hatte das falsche Kennzeichen: ein österreichisches. Dafür benötige er die Formulare, sagte der Grenzer. Die Einreise ausländischer Autos verlange ein spezielles Formular.

Egal in welchem Land du dich befandest, immer hattest du das falsche Kennzeichen. Mir ist die Geduld ausgegangen. Immer lauter werdend, habe ich den Grenzer einen Esel geheißen, der nie weiter kommen würde als bis ans Ufer des Sees da, des Ohridsees, der keine eigenen Entscheidungen treffen könne, sich immer am Strick seines Herrn hinterherziehen ließe. Du hast mich an der Jacke gezupft und gezogen, auf Deutsch gesagt, sei ruhig, sie lassen uns gar nimmer hinüber, sie werden dich einsperren, wenn du so weitermachst. Dann hast du dich umgedreht, bist ins Auto eingestiegen und hast die Tür zugemacht. Ich habe weitergeschimpft, der Grenzer hat nichts erwidert.

Ein Karren voller Äpfel kam an. Als er anhielt, fielen einige davon auf den Schotter. Ein Esel zog den Karren, und vorne saß ein Männlein, ein ganz dünnes, im grauen Anzug, mit Hut. Es ist abgestiegen, hat vor dem Holzhäuschen den Hut gezogen. Ich gab den Platz am Fensterchen frei. Was transportierst du?, fragte der Grenzer. Äpfel, antwortete der andere. *Molla.* Der Grenzer ist aus dem Hüttchen gekommen, zu dem Karren des Männleins hingegangen, in dem man deutlich die Äpfel liegen sah, hat die Plastikplane, die den Karren teilweise abgedeckt hat, ein bisschen zurückgeschlagen. Das magere Männlein ist zu ihm getreten, hat sich über seinen Karren gebeugt, sorgfältig fünf Äpfel ausgesucht und sie dem Grenzer in die wie ein Körbchen hingehaltenen Hände gelegt. Aha, Äpfel, sagte er und stieg mitsamt den fünf Äpfeln wieder in sein Hüttchen.
Do edhe ti?, hat das Männlein sich an mich gewandt. Magst du auch. *Po, faleminderit,* habe ich geantwortet und ihm meine Hände als Körbchen hinstreckt, wie ich es beim Grenzer gesehen hatte. Er hat mir drei Äpfel hineingezählt. Dann hat er sich zum Grenzer umgedreht. Der deutete an, er solle weiterfahren. Also ist er auf den Karren gestiegen und hat den Esel angetrieben. Ich bin zum Auto hin und habe dir die Äpfel

in den Schoß gelegt. Da hat jemand gepfiffen. Es ist der Grenzer gewesen. Er hat mich zu sich ans Holzhüttchen gewinkt. *Në rregul*, hat er gesagt. Mir meinen Pass zurückgegeben, den er die ganze Zeit bei sich liegen gehabt hat. Daraufhin hat er das Winken wiederholt, mit dem er den Apfelmann durchgewunken hatte, und wir sind nach Mazedonien gefahren. Hoffentlich bekommen wir bei der Rückreise keine Probleme, hast du mit deinem unerschütterlichen Optimismus gesagt.

I'm sorry, sagte der Monsieur, but this is what was made in the officina. (September 2000)

Kurz nach unserer Vorladung auf die Staatsbürgerschaftsstelle hast du tatsächlich deinen österreichischen Pass erhalten. Eigenartigerweise kann ich mich gar nicht mehr daran erinnern, wie das gewesen ist. Es hätte ein denkwürdiger Augenblick sein müssen.
Deine erste Wahl ist die des Bundespräsidenten gewesen. Kahl und feuchtkalt präsentierte sich der „Römerwirt". Ein paar Holzbretter überbrückten den Sumpf im Hinterhof, den man überqueren musste, um ins Wahllokal zu gelangen. Gibt es keine Musik, hast du gefragt, schüttelt man keinem die Hand? Es war deine internationale Premiere als Wähler. Als wir eintraten, schwappte das Wasser aus deinen Schuhen. Das Brett über der Wasserlache direkt vor der Eingangstür wackelte. Straße? Hausnummer? Dann sind Sie wohl richtig, auch wenn ich Sie nicht finde, auf der Liste.

Dieser Name, ist das der Vorname, wie spricht man ihn aus? Darf ich Sie bitten, freundlicherweise, etwas Geduld, kommen Sie hier herüber, wir müssen ein bisschen Platz schaffen. Den weißen Zettel ins weiße Kuvert, bitte, die beiden anderen ins gelbe, also den hellgelben und den sonnengelben ins gelbe, den weißen ins weiße. Deine erste Wahl. Immerhin. Weil es so geschüttet hat, hast du vorgeschlagen, ein Taxi zu nehmen, zur Feier des Tages. Unsere Mäntel halb über die Köpfe ziehend, sind wir zum Taxistandplatz gerannt. Der erste Taxifahrer in der Reihe hat uns nur einige Sekunden lang angeschaut, gesagt, nein, für solche wie euch hab ich keinen Platz frei. Schleicht's euch heim. Wen hast du damals eigentlich gewählt?

Unlängst sind in Albanien Wahlen gewesen. Die Demokraten, das ist deine Partei, hast du mir am Telefon erklärt. In Österreich seist du doch immer für die Sozialisten gewesen, habe ich gesagt. Und das hat dich wieder amüsiert, ja, natürlich, in Österreich. In Österreich hätten dir sogar die Kommunisten gefallen, ab und zu. Wie es ausgegangen sei, hab ich dich gefragt, ob du für die Demokraten gestimmt hättest. Aber ich darf doch nicht wählen, nur bei euch dürfte ich wählen gehen! Ich hatte es ganz vergessen. Die Demokraten haben damals verloren.

Wie schnell müsste die Erde sich drehen, damit die Menschen vom Äquator ins All geschleudert würden? (November 2000)

Genua, Villa Rosa, 5. September 2007

Es hat unter mir gebellt, heut Nacht. Die halbe Nacht hat mich das Gebell nicht schlafen lassen, vor allem weil ich nicht gewusst habe, woher es kam. Schließlich wohne ich seit Jahren hier, hundlos. Auch gejault und gewinselt hat es. In der Früh habe ich hinausgeschaut, das Fenster aufgemacht, mich ein bisschen hinausgebeugt. Da hat mir der Hund direkt ins Gesicht geblickt, mit seinen Hundeaugen. Garstig war er nicht. Der Hund ist auf der Terrasse des Nachbarn herumgestanden, hat ausgeschaut, als habe er Tau im Fell, obwohl es dafür zu warm war, überzog ihn ein helles Schimmern. Außer dem Hund steht auch ein etwa einen Meter hohes Plastikhaus auf dem Pflaster der Terrasse des Nachbarn, in dem Teil des Gartens, wo kein Gras wächst. Der Nachbar hat sich einen Hund zugelegt. Ich überlege, ob ich hinuntergehen soll, mich dem Nachbar bei dieser Gelegenheit vorstellen und ihm sagen, dass mich sein Hund stört. Der Hund ist größer als das Plastikhundehaus. Wie der da hineinpassen soll, ist mir ein Rätsel. Vielleicht hat er deshalb gewinselt und an der Tür des Nachbarn gekratzt. Natürlich habe ich kein Recht, mich in das Privatleben des Nachbarn einzumischen, aber hat er ein Recht, sich mit diesem Hund in meins einzumischen? Dieser Hund ist zu groß, für meinen Geschmack und um auf einer Terrasse zu leben. Besonders, wenn es regnet. Jetzt wo Goldherbst ist, kann ich ihn riechen.

Das wird dich kaum interessieren, aber wo ich am Schreiben bin, will ich mir nicht verkneifen, dir auch das eine oder andere von meinem Alltag zu erzählen. Vor allem, weil ich mittlerweile daran zweifle, ob ich meine Briefe überhaupt jemals abschicken werde, ich habe ja nicht einmal deine Adresse. Deine Mutter hätte sie zwar, aber sie meinte unlängst, du wärst kaum noch zuhause, würdest oft tagelang verschwinden. Ob du dabei bist, dir eine eigene Wohnung zu suchen? Ich würde es ja tun, an deiner Stelle, mit fast vierzig noch immer bei den Eltern zu leben, auch wenn sie nicht da sind, sogar, wenn sie in einem anderen Land sind, mir kommt es trotzdem unpraktisch vor. Du kannst dir ja nicht einmal dein eigenes Bett aussuchen, musst in dem deiner Mutter schlafen. Stört dich das nicht?
Fast zwei Monate ist es her, dass du angerufen hast. Jetzt wird es früher finster, um sieben schon haben von draußen nur mehr die Augen dieses Hundes hereingeleuchtet. Sein Pelz hat auch noch vage geglänzt, hellgrau. Warum mich der Hund so beschäftigt, wirst du dir denken, früher habe ich doch selber einen gehabt. Der war aber meiner und um drei Viertel kleiner. Einen Hund, groß wie ein Kalb, vor dem Fenster zu haben, ist doch etwas, das man einschneidende Veränderung nennen darf.

Vielleicht hätte der Nachbar mich gefragt, ob es mir recht ist, wenn ich ihn namentlich kennen würde. Vermutlich hätte er mich nicht gefragt, wer fragt denn seinen Nachbarn, ob ihn ein Hund stört? Die Höflichkeit würde es verlangen. Wen kümmert es, höflich zu sein. Das ist etwas Veraltetes, erfunden für Bewohner von Herrenhäusern mit hohen Stuckdecken, nicht fünfunddreißig Quadratmeter Garconnieren. Riesige Hunde sollte man verbieten in Städten. Aber gut, die Leute kommen auf ganz andere Ideen, ich darf froh sein, dass er sich keine Würgeschlange in den Garten gelegt hat, der feine Nachbar.

Vorhin ist er draußen auf seinem roten Klappsessel gesessen. Den Hund hat er gar nicht beachtet. Musik hat er gehört, aus seinem Autoradio. Das Auto hat er im Garten geparkt gehabt, auf dem Gras, die Türen offen, laute orientalische Musik dröhnte aus den Lautsprechern. Persisch ist es mir vorgekommen, aber ich kenne mich da nicht so aus. Ich versuchte, ein Cellokonzert von Saint-Saëns zu hören. Die Musik des Nachbarn war nicht unangenehm, nur hat sie mein Konzert völlig unhörbar gemacht. Ich beugte mich aus dem Fenster, grüßte ihn. In dem Lärm hat er zwar bestimmt nichts gehört, aber sobald er mich bemerkte, hat er von sich aus gegrüßt und kurz darauf die Lautstärke verringert. Vom Hund habe ich wieder nichts gesagt. Er wird ihn auch kaum weggeben, wegen mir.

Ein Jahr lang flossen Rosen,
ein Jahr kämpften sie im Schnee,
in einem Jahr fiel Hagel, brachen Bäume und Mauern.
Dort unten im Sumpf fingen sie ihn, in einem Jahr. (Jänner 2001)

Ja, wir sind immer etwas schlampig gewesen. *Immer* hat sich letztlich als eine relativ kurze Zeit erwiesen, ein knappes Jahrzehnt. Die nächste Vorladung kam, als wir gerade vom Schifahren zurückkehrten, nach fürchterlichen Tagen im Schnee, den du eher theoretisch mochtest. Sobald du ihn auf der Haut spürtest, war deine Abneigung groß. Nur vom Wohnzimmer aus gefiel er dir.

Am ersten Mai solltest du den Militärdienst antreten, stand in dem Brief. Zehn Tage vor deinem Geburtstag. Neun Tage vor unserem Hochzeitstag. Du hättest das angegeben, hast du gesagt, dass du keine Waffen mehr anrührst. Darum weggegangen bist. Da „unten" bei euch wüsste zwangsläufig jeder, wie man den Drücker handhabt, jedes Kind. Das vergessen die Pazifisten gern, dass ihr alle schon einmal zur Waffe gegriffen habt. Wie Schmetterlinge töten sei das, hast du gesagt. Beim ersten greift es dir kalt unter die Rippen, beim zweiten meinst du, es nicht fertigzubringen, ab dem dritten ist es normal. Geflügelte Leichen füllen dir die Brust, trotzdem will das Lachen dir nicht vergehen. Ab und zu ein Herzflattern. Da kannst du dich anhalten, an einen toten Flügel, er wird doch tragen.
Sie hätten es zu Protokoll genommen, als du bei der Stellung warst, zwischen lauter Buben, du der Älteste. Kurz nachdem sie dir die Staatsbürgerschaft verliehen hatten, warst du vorgeladen worden. Du hättest es angegeben.

Ein Formular sei auszufüllen gewesen, wies man mich telefonisch zurecht, eine schriftliche Erklärung. Das hättest du versäumt, die Frist sei lang verstrichen. Sie hätten es schriftlich mitgeteilt, dich informiert, wie sie jeden informierten, der zur Stellung antrat. So etwas müsse man in Erfahrung bringen, in die Wege leiten. Jetzt war es zu spät.
Telefonieren nützte nichts mehr. Geschweige denn meine persönliche Vorsprache. Du warst wehrpflichtig und konntest dich nicht wehren, bei Weigerung strafrechtliche Verfolgung.

So, when are you going to kill them all?, fragte Mr. Dyrnjaja und legte eine neue Scheibe auf den Plattenspieler. (März 2001)

Lass es gut sein, hast du gesagt, ich werde meinem neuen Vaterland dienen, dem Urgroßmutterland. Die erste Reise, die du mit deinem neuen Pass gemacht hast, führte zur Grundausbildung des Bundesheers. „Hier sind alles Ärsche“, hast du mir geschrieben, aus der Psychiatrie des Spitals. Auf eigenen Wunsch bist du eingeliefert worden. Besuche durftest du vorerst keine empfangen.
An Engel habe ich nie geglaubt, dafür an Elfen. Deren König hab ich dir ins Spital geschickt. Ein Granatapfel, erinnerst du dich? In einem gelben Packerl, Postpaket. Ich kannte dich. Kenne ich dich immer noch? Du hast den Irren gespielt, wie zuvor, wie schon einmal. Im Spital ist ein halbes Monat vergangen. Dann haben sie

dich in den Dienst zurückgeschickt. Von nun an stand dir „Sonderbehandlung“ zu. Ein ärztliches Attest verschrieb Schonung, aufgrund eines Wirbelsäulenschadens. Ob das ein Vorteil ist, hab ich mich gefragt, ob deine Kumpanen keinen Hass auf dich kriegen würden?
Als du von der Grundausbildung zurückgekommen bist, ein paar Tage daheim schlafen durftest, weil du verheiratet warst – das Verheiratetsein hatte schon gewisse Vorteile –, da hast du etwas Finsteres im Geschau gehabt, das ich vorher nie bei dir gesehen hatte.

Ich muss an die Grenze, hast du gesagt, rate einmal, welche. Ich habe versucht, mich versetzen zu lassen. Das könne man sich nicht aussuchen, hätten sie erwidert, jeder müsse an eine Grenze. Diese sei eben die deine. Die sei dir zugeteilt. Im wahrsten Sinn des Wortes, hast du gesagt, den Mund ein bisschen verzogen, den Versuch unternommen, zu scherzen. Du hast dich nicht getraut, den Bundesheerlern zu sagen, was es für dich mit dieser Grenze auf sich hatte, hast den Verdacht gehabt, sie wüssten es und schickten dich wohlweislich dorthin. Man patrouilliere nie allein in der Nacht, hast du gesagt. Das sei gut.
Eine ehemalige Zuckerfabrik an der ungarischen Grenze. Über diese Felder warst du gekommen, zwischen Maiskolben, jeder Fußtritt ein Knirschen, laut wie eine Kanone. Lauf, lauf und drüben bist du.

Du hast geschrieben: „Sobald die Weihnachtsfeierlichkeiten vorbei sind, werde ich nach Hause kommen. Bis dahin, Maisfelder bewachen, bewegliche Büsche. Den Ausweis habe ich damals zerrissen, da ich Stimmen hörte. Die Fetzen unter einem Brombeerstrauch vergraben mit bloßen Händen, voller Dornen waren sie danach. Als ich später den Polizeibeamten deswegen nicht die Hand geben wollte, missverstanden sie es. Auch damals war Weihnachten, aber weder Glöckchen hat es dort geklingelt, noch kam das Feuer aus Wunderkerzen. Nun habe ich ihnen gesagt, dass ich keine Jagd auf Flüchtende mache, kein Wachhund bin, und dass sie mich in der Irrenanstalt besuchen können. Außerdem arbeite ich nicht für einen schleimigen Salamander. So ist das, habe ich gesagt, und alle waren ziemlich sicher, dass ich wirklich verrückt wäre. Das ist mir recht und ich mache also weiterhin Kaffee für meine Kompanie, denn etwas anderes bleibt mir nicht übrig. Jeden Tag sprach ich mit dem Kommandanten, bis ich tatsächlich auf dem besten Weg war, irre zu werden. Und er auch. Da ernannte er mich zum Adjutanten, sagte, ich würde ein Funkgerät bekommen, ein Motorrad, Wein trinken würden wir jeden Tag im Burgenland, Heurigen. Auch Thermalbäder gäbe es da."
Sechs Wochen warst du dort. Anschließend haben sie dich endlich in die Kaserne versetzt, an die Bar. Die restliche Dienstzeit hast du eine Melange nach der anderen gemacht, ab und zu einen großen Braunen.

Und er kämpfte wie zehn Teufel, erhielt nichts als den Sieg, und nicht einmal den zu verkaufen hatte er das Recht. Enorme Bohnensamen, glänzend poliert und zu nichts anderem gut als dazu, sie in der Hand zu halten und anzuschauen. (Dezember 2001)

Noch einen zweiten Brief hast du mir damals geschrieben: „Die Zeit verrinnt wie Wasser, sagt man, aber diese hier steht: ein Stausee hinter dem Damm. Der Gott, der diese stumme Zuckerfabrik hierher gebaut hat, muss ein Surrealist gewesen sein. Und die Grenze, bewacht von Soldaten mit Kindergesichtern, die warten auf etwas, das nicht kommt, nie kommen wird. Und die Musik der Zeit draußen, die dir die Nerven zu Saiten macht. Gitarrensaiten, E-Bass. Aus Heimweh habe ich mit denen in Tirana telefoniert. Alle grüßen sie dich und küssen dich. Von weitem glücklicherweise, denn du weißt, wie schrecklich sie sind: platsch, plutsch, platsch. Dort unten scheinen die Dinge in Bewegung zu geraten. *Ishallah*. (Ha, ha!) Nein, ich bin kein Moslem geworden, Christ allerdings auch nicht, da kannst du ganz beruhigt sein. Wenn ich hier etwas werde, dann ein Sozialist und zwar einer, der das Heer abschaffen will und wird. Der Ort, an dem ich mich befinde, ist am Arsch der Welt. Auf meinem Arm sitzt eine winzige türkisfarbige Fliege mit Glasflügeln, sie stolpert zwischen den Haaren."

Der Kanzler schrieb an seine Hoheit, ein neuer Berg, der alle Sorten Menschen aufnehmen sollte, von Orten öffentlich wie pri-

vat, aus privilegiertem und nicht-privilegiertem Stand, ist erfunden worden. Es handelt sich um eine Basis, einen tiefen, sicheren Boden, denn die Stadt hat Einkünfte nötig, Eingänge, Zoll und öffentliche Gelder. Am Dienstag, dem dritten Januar, zeigte sich die Hoheit als illegitimer Vater aller Bastarde. Für Banditen und Kriminelle gibt es keine Garantie, sagte der Erbe, in Unkenntnis dieser Materie gezwungen, den Ministern Vertrauen zu schenken. Für Schulden unter einem Wert von 14 Lire in prigione! Leiden sollt ihr alle, die ihr das Leiden so gut beherrscht, Übung darin habt, und auch eure Kindeskinder, also, die Begabung ist angeboren. Machen Sie es sich bequem und niemanden verantwortlich. (Juni 1996)

Nachdem du den Militärdienst beendet hattest, bist du wenige Tage später nach Italien gereist, nach Mailand, zu deiner Mutter. Konzertmanager würdest du werden, für deine Schwester, hast du gesagt. In Italien sei alles leichter. Von Österreich hattest du genug. Ich habe vorgehabt, dir nachzufahren, sobald ich mit meinem Projekt fertig wäre. Ich erhielt damals ein ziemlich gut dotiertes Stipendium von der Akademie der Wissenschaften, weil mein Forschungsgebiet mit dem Klimawandel zu tun hatte. Von meiner Arbeit erhoffte man sich Voraussagen über das Schicksal der höchstgelegenen Bergseen. Würden sie austrocknen, wenn die Temperaturen weiter anstiegen? Und was geschehe dann mit den einzigartigen Lebewesen darin, insbesondere der Mikrofauna und -flora? Damals war ich gerade mit dem Studium fertig und ziemlich ehrgeizig.

Ich ging ganz in der Arbeit auf, verbrachte Nächte hinter dem Mikroskop, um die tagsüber gefischten Rädertierchen zu determinieren, bevor sie starben, weil in der Stadt herunten der Luftdruck zu hoch war. Tot waren sie schwieriger zu bestimmen.

Im September zweitausendeins bist du mit mir nach Cagliari geflogen. Wir trafen uns in Mailand am Flughafen. Ich musste für eine Umweltverträglichkeitsprüfung Messungen durchführen, weil Aufschüttungen geplant waren. Der Strand hatte sich so weit zurückgezogen, dass man Sand aus dem Landesinneren holen würde, vor der Stadt ins Meer kippen. Damit die Badegäste einen Ort zum Liegen hatten. Wir fuhren auch ins Landesinnere, wanderten durch die schroffe Schlucht des *Su Gorroppu*. Der Fluss, der sie tiefer und tiefer grub, war fast ausgetrocknet. Du hast mich gefragt, ob ich dir verspreche, immer bei dir zu bleiben. In Orgosolo, dem Dorf mit den berühmten Wandbildern auf Felsen und Hauswänden, sind wir in eine Bar gegangen, und schon beim Eintreten ist mir der eigenartige Film aufgefallen, der da im Fernsehen lief. Ein Flugzeug flog mitten in einen Wolkenkratzer hinein. Es beeindruckte mich, als Kunstwerk. Wer hatte sich eine derartige Inszenierung ausgedacht? Wir haben Campari bestellt, ich habe den Mann hinter der Bar gefragt, was da im Fernsehen laufe, welcher Film. Die Nachrichten, sagte er. Das sind Bilder aus New York, vor ein paar Stunden aufgenommen. Die Welt bricht auseinander, wenn wir uns trennen, hast du gesagt.

7 times you left this woman, 7 times you came back. Ich lasse mein Herz hier, aber ich muss gehen, muss fort. Jeden Abend, wenn du dir die Socken auszogst, zerriss einer davon. Wann wirst du dir endlich neue kaufen? (März 2002)

Genua, Villa Rosa, 7. September 2007

Ob die Ehe tatsächlich irreparabel zerrüttet sei, hat der Beamte gefragt. Er hat ernsthaft geklungen, obwohl er das jeden Tag bestimmt mehrere Male fragt. Wie du zu mir herübergeschaut hast, von deinem Sessel aus, wir saßen nebeneinander dem Beamten gegenüber, hab ich gemerkt, dass uns beiden vorkommt, dass es so ja gar nicht ist und eigentlich eine Unwahrheit, eine Urkundenfälschung, solch eine „Zerrüttung" durch Unterschrift zu bekräftigen. Wollen Sie es sich noch einmal überlegen, hat der Beamte gefragt. Sie können sich eine Frist vorbehalten, während derer Sie widerrufen könnten. Einige Monate lang schauen, wie es geht. Wir können das vertraglich festhalten. Nein, habe ich sofort gesagt. Nein. Wir unterschreiben jetzt. Du hast dich nicht zu widersprechen getraut, schließlich warst du es ja, der diesen Termin wollte. Mir wäre es gleich gewesen. Das habe ich dir gesagt. Du hast darauf bestanden, du müsstest das tun, ihretwegen. Der neuen Frau wegen. Die es inzwischen schon nicht mehr gibt. Ein halbes Kind war sie noch. Nein, ich will nicht gemein sein. Aber ehrlich sein, hast du gesagt, soll ich. Ehrlich gesagt, ich weiß nicht, ob dieser Gang aufs Amt wirklich etwas zwischen uns geändert hat.

Den Namen teilen wir uns noch immer, seit mittlerweile fast vierzehn Jahren. Du hast ihn nicht geändert. Unlängst, als ich bei deinen Eltern auf Besuch war, habe ich ihn an ihrer Tür gesehen. Als würde ich dort wohnen. Ich habe laut lachen müssen, als ich das Schild gesehen habe. Jemand ist aus dem Tor gekommen, hat mich angeschaut, als wäre ich verdächtig. „Herr“ ist vor meinem Namen gestanden, steht noch immer davor. Als du ausgezogen bist, hast du deinen Eltern in Mailand unseren Namen hinterlassen.

Bis die Sonne aufging, bin ich bei deiner Mutter gesessen, damals, als du mir eröffnet hattest, dass *sie* es geworden ist, das halbe Kind, und ich dir unerträglich. Das war natürlich nicht so, aber immer schon hast du solche Dinge gesagt, die du später widerrufen wolltest. Ein halbes Kind also hast du dir ins Bett geholt, ich weiß es ja, denn wir sind zu dritt etwas trinken gegangen. Sie hat einen *Negrone* bestellt, einen grauslichen Cocktail, dass ihr nur nicht übel wird, habe ich mir gedacht, und natürlich ist ihr schlecht geworden. Ich bin ihr sogar auf die Toilette nach, weil sie so lang nicht zurückgekommen ist, hab ihr den Mund mit feuchtem Klopapier abgewischt, die Stirn. Sie hat ja nichts dafür gekonnt.
Du hast mich zu deinen Eltern gebracht, bist mit dem halben Kind, dem speiübel war, irgendwo anders hin. Deine Mutter kochte mir eine Minestrone, über der ich eine Weile weinte, während sie mich ermahnte, dich rasch zu vergessen, den Satz mit den anderen Müttern und auch schönen Söhnen sagte. In der Früh hatte ich Fieber, spie mir das Herz aus dem Leib. Zwei Tage lang bin ich nicht mehr aus dem Ehebett deiner Eltern

gekommen, in das sie mich zuvorkommend verfrachtet hatten. Fieber hast du mir verursacht, am Anfang wie am Ende.

Bevor wir hineingegangen sind, ins Scheidungszimmer, so stand es auch am Schild, glaube ich, haben wir uns im Gang des Gerichtshofes herumgetrieben, als wären wir eingeschmuggelt. Du hast dir alles angeschaut, jede Ecke, hast Türklinken ausprobiert, Zimmer betreten. Wie ein Spiel ist es gewesen, das seinen Höhepunkt erreichte, als du eine Putzfrau aufgegabelt und nach dem Klo gefragt hast. Das nämlich war in all den Gängen nirgends zu finden. Höflich bist du gewesen mit ihr, und nicht im Scherz. Je weniger jemand verdiene, desto höflicher müsse man sein, hast du gesagt. Weniger Geld, meintest du, mehr Ehre. Die Frau hat verdutzt geschaut, als hättest du etwas Ungewöhnliches gefragt. Müssen die Herren Richter denn nie aufs Klo, hast du noch ein Schauferl draufgelegt, und dass dir das Warten vor dem Scheidungskammerl recht verdauungsanregend erscheine. Die Toilette sei leider momentan außer Betrieb, hat die Putzfrau verlegen gesagt. Also verstopft, hast du weitergebohrt, und wäre es zu einem anderen Zeitpunkt gewesen, hätte ich dich dort stehen lassen und so getan, als würde ich dich nicht kennen. Jetzt aber hatten wir endlich diesen Termin, zu dem man zwangsläufig zu zweit erscheinen muss. Das hatte ich mir sagen lassen. Einer ist nicht genug. Auch schriftlich geht es nicht. Ist es zumindest damals nicht gegangen. Vielleicht haben sich die Regeln geändert, geht es mittlerweile sogar bei uns auch schriftlich oder *online*. Barsch waren die Telefonstimmen gewesen, die mich informierten, als hätte ich etwas Verwerfliches vor. Unpassenderweise hat mich das Gespräch über kaputte Toiletten zum Lachen gebracht. Die Putzfrau ist inzwischen um die Ecke verschwunden gewesen. Du hast gesagt, du würdest geschwind in ein Kaffeehaus gehen, wärst gleich wieder da. Aber ich habe dich zurückgehalten, es dauere ja nicht mehr lang, in vier Minuten sollten wir drankommen. Du hast dich gegen die Mauer gelehnt, neben eine Stuckverzierung.

Mittlerweile wohnten wir 850 Kilometer voneinander entfernt und hätten es gewiss schriftlich erledigt, wenn es möglich gewesen wäre. Der letzte gemeinsame Wohnort ist der Gerichtsort, hatten mir die Telefonstimmen mitgeteilt. Ich rief mehrmals an, um sicherzugehen. Des öfteren bekommt man bei mehrmaligem Anrufen verschiedene Antworten. Diesmal sagten sie alle dasselbe: Sie müssen schon miteinander herkommen.

Ich habe mich auf der anderen Seite des Ganges neben eine Stuckverzierung gelehnt, und dann ist die Tür aufgegangen, und der Beamte hat gesagt, grüß Gott meine Herrschaften, darf ich bitten. Offensichtlich ist der Beamte auch so einer gewesen wie du, der sich denkt, man soll höflich sein, zu armen Hascherln. Ich bin auf einmal froh gewesen über die bürokratische Regelung, dass das Ehepaar ein letztes Mal persönlich am selben Ort erscheinen muss, wenigstens für ein paar Minuten. Es ist mir eine ausgezeichnete Regelung vorgekommen, ebenso wie mir die Frage des Beamten, nach dem Grad der Zerrüttung, diese absurde Frage, vollkommen aus dem alltäglichen Sprachgebrauch gehoben, sehr trefflich vorgekommen ist.

Sobald wir aus dem Gerichtsbüro draußen waren, am Parkplatz, hast du sie angerufen. Die neue Frau. Hast ihr gesagt, du würdest jetzt zu einem Freund fahren. Kaum war die Verbindung unterbrochen und das Telefon in deiner Hosentasche verschwunden, hast du mich gefragt, ob wir etwas essen gehen. Sicher, habe ich gesagt, und hatte mir auch schon ein Gasthaus überlegt, das ich dir zeigen wollte. Wir sind hingefahren. Es liegt im Grünen, fast im Gebirge, an einem kleinen See. Der Ober hat uns behandelt wie ein Liebespaar, das sich gerade erst kennen lernt, vermutlich hat er das gedacht, hat uns zwei Gläser Sekt gebracht, *vom Haus* dazu gesagt, weil der Pächter gewechselt habe, diese Woche erst hatten sie Neueröffnung. Ich bin froh gewesen, dass sie offen hatten. Das hätte gerade noch gefehlt, dass ich dich an unserem Scheidungstag in ein Gasthaus bringe, das zu hat. Wir sind den ganzen Tag miteinander herumgefahren, ein bisschen wandern gegangen. Am nächsten Tag waren wir noch rudern.

Sonst hast du dich immer schwer zum Rudern überreden lassen. An dem Tag, ein Mittwoch war es, wieder ein Mittwoch, wie der Hochzeitstag auch, als wäre der für uns reserviert, warst du sofort einverstanden. Auf einmal haben wir uns nicht mehr gestritten. Der Amtsgang hatte doch etwas gebracht.

Beim Essen haben wir damals darüber geredet, dass die Zeit gegen uns gewesen ist, die politischen Umstände. Dass alles anders gekommen wäre, hätte man dich nicht zum Bundesheer verpflichtet, zum Grenzdienst an deiner eigenen Grenze. Ich glaube das nicht mehr. Man kann sich immer eine Entschuldigung ausdenken, um sich vor der eigenen Verantwortung zu drücken.
Ein einziges Jahrzehnt ist vergangen, und ich habe verlernt, deine Notizzettel zu lesen. Verstehst du sie noch? Weißt du noch, was du damals gemeint hast?

Im Nachhinein betrachtet, ist unsere Scheidung feierlicher gewesen als unsere Hochzeit. Immerhin haben sich da zwei bewusst gegen ein Zusammensein entschieden. Die Heirat hat für mich etwas von einer Erledigung gehabt, als würde einer schnell auf die Bank gehen, ein Konto eröffnen. Aber Münze hat er keine einzige eingesteckt. Bewusst ist uns da wenig gewesen, außer, dass diese Hochzeit für dich die Grenzen zum Verschwinden bringen würde. Oft hab ich mir das überlegt, und sonderbarerweise kenne ich wirklich kein

Land, in dem Besitzern eines österreichischen *Reisespaßes* – wie du ihn nanntest – die Einreise verboten ist.

Einwanderer der zweiten Generation seien überdurchschnittlich oft schizophren, stand heute im *Corriere della Sera*. Egal ob es sich um Eskimos handelt, die nach Dänemark gegangen sind, oder um Marokkaner in den Niederlanden. Eine wissenschaftliche Studie soll das bewiesen haben. Manchen Studien würde ich lieber nicht glauben. Schizophrenie ist unheilbar, habe ich ebenfalls gelesen. Aber du bist ja kein Zweite-Generation-Migrant, gehörst zur ersten. Denjenigen, die entschieden haben. Erst die Kinder dieser Generation finden sich unversehens an einen Ort geboren, wo sie, wenn sie den Erzählungen der Eltern Glauben schenken, nicht wirklich hingehören. Aber einen anderen kennen sie auch nicht.
An dich hat mich das nur erinnert aufgrund deiner Bitte, dir *dich* zu erzählen, dich dir selber in Erinnerung zu rufen. Immer bist du leicht krank gewesen, hast dich häufig krank gefühlt, zumindest einen Grund gefunden, liegen zu bleiben, das Haus nicht zu verlassen. Du wirst doch nicht krank sein? *Dort unten*, wie du Tirana nanntest, während du *oben* warst, seist du kaum krank gewesen, hast du mir ständig versichert. Also hoffe ich, das Klima tut dir gut.

Mittlerweile verkaufen sie in Supermärkten leere Schneckenhäuser. Sechsunddreißig Stück verpackt in dünne zylinderförmige Zello-

phanhüllen kosten zwölf Dollar oder zehn Euro, grob gerechnet. Importeur Raoul Rousso, Marseille. (April 2002)

Ich schreibe dir und deine Mutter ruft an, ganz aufgelöst. Red lauter, Käthe, sage ich zu ihr, ich hör dich kaum. Noch leiser flüstert sie, fort, ich glaub, er lebt gar nicht mehr. Sie redet weiter, herzklopfenerregend unhörbar. Wiederholt, was sie schon gesagt hat, mit fortwährend gedämpfter Stimme. Dass es um dich geht, merke ich erst beim dritten Mal. Mein Sohn, sagt sie, mein Augapfel. Hier gerät es ins Absurde, dir zu schreiben, während deine Mutter dich für tot hält, ich seltsam ruhig bleibe, als befände ich mich in einem Magnetfeld, das mir die Nerven straff zieht. Da schwingt nichts. Nur das Herz klopft, Gott sei Dank, würdest du sagen, mir spielerisch den Puls messen, Dreihundertzweiundzwanzig, sagen, bald wirst du zerplatzen, meine Liebe, ich entferne mich vorläufig.

Das letzte Mal, als wir miteinander in Tirana waren, im Winter 2001, saß ein Soldat mit einer grünen Kappe im Restaurant, das auf Stelzen am Strand stand, hinten in der Ecke. Wir waren zur Küste gefahren, um die Mittagszeit, *Rrëshkal* hieß der Ort. Sieben Fische zweier Arten, darunter eine Seenadel, kamen auf den Tisch. Jemand hatte einen Vogel gefangen, in den Hecken, eine Handvoll Vogel. Dürfen wir ihn ansehen? Du hast ihn in die Hand genommen, den toten Vogel, schau wie schön, hast du gesagt. Sind das

die Vögel, die am Strand hin und her trippeln? Nein, die sitzen im Strauchwerk. Manchmal bleibt ihnen der Schnabel im Sand stecken, wenn sie Würmer fressen, weil sie ihn so tief hineinpfropfen. Zu tief. Der Großvater hat mir das erzählt.
Unterwegs am Straßenrand standen zwei Alte, ein Paar, er mit einer weißen Kappe auf dem Kopf, wie sie auf alten Darstellungen zu sehen sind, sie mit einem weißen Tuch. Wie ein Gemälde haben sie ausgeschaut, diese beiden, mit den Feldern im Hintergrund, eure Felder sind das gewesen, hast du gesagt, bis 1946. Dann hat der Bruder des Urgroßvaters sie an einen Italiener verkauft. Alles sei Wald gewesen, von dieser Straße bis hin zu den Bergen und auf der anderen Seite bis ans Meer. Ich wollte es kaum glauben, was hätte man mit all den Bäumen getan? Hier muss man überall Hotels bauen, wie in der Türkei, hast du gesagt, die ganze Bucht entlang. Dann hast du einen Hund fotografiert, mit deinem Mobiltelefon, die Gabe eines Kunden, hast du gesagt. Mit einem *Display*, auf dem das Leben schöner aussieht, in *Stills*, als wenn es sich bewegt. Den Hund mit der bunten Schnauze hast du aufgenommen. Hast du das Bild noch? Sogar die Hunde haben mir immer besser gefallen in Tirana als anderswo.

Mittlerweile hat es sich sehr verändert. Die Leute sehen einander kaum mehr ins Gesicht, schauen auf ihre tragbaren Telefone, die unzerkratzbaren Minibildschirme. Sogar in Tirana ist es jetzt so geworden. Will man jemanden sprechen, ist es fast besser, man ruft ihn an. Anrufe werden immer entgegengenommen, zu stören scheint vielmehr das Gegenüber, leibhaftig anwesend, mit dem man sich verabredet hat.

Als der Prinz all seine Macht verloren sah, weinte er weder noch geriet er in Wut. Unbewaffnet ging er hinaus, folgte einem verwundeten Tiger und wurde getötet. Das Grundkonzept der Tragödie: Alle leben, um aufzusteigen, und alle steigen auf, um unterzugehen.
Aber ich rede mit dir, du bist ja nicht Schall und Rauch. And I will smoke you like a cigarette, sagte der Herr mit den Schuhen aus Elfenbein, there is none like you among the dancers, none with swift feet. (April 2002)

II.

Einen halben Kilometer vor der Grenze wird die Straße zum Weg. Man kommt zu einem Schild, das in mehreren Sprachen, unter anderem Deutsch und Italienisch, ACHTUNG GRENZE! ankündigt. Weder hier noch innerhalb der nächsten zwanzig oder hundert Kilometer steht der Name des Landes geschrieben. Trauriger müsste ich werden, je näher ich komme, statt dessen bin ich seltsam aufgeregt. Ja, bitte, fahr, hat seine Mutter zu mir gesagt. Ich kann mir nicht vorstellen, dass er tot ist. Verschwunden ja; leblos, so ganz ohne Hauch und Blut: nein. Vielleicht bin ich deshalb nicht betrübt genug. Weil ich es für unmöglich halte. So ist es mir allerdings bisher immer gegangen. Hat man mir von einem Verstorbenen berichtet, habe ich mich geweigert, ihn tot zu denken, bis die Leere an seinem Platz dicht genug wurde, ich förmlich hineinsteigen konnte, sie mir überstreifen und mich davon überzeugen, dass er nicht mehr drinnen ist. Mit Galips Verschwinden hat sich für mich grundsätzlich nichts verändert. Ab-wesend ist er schon lange, zwangsläufig habe ich mich daran gewöhnen müssen. Wie er ausschaut, ob er grau geworden ist, weiß ich seit Jahren nicht, ob er sich einen Bart stehenlassen hat, die Haare geschnitten, die grauenhafte Fußballerfrisur endgültig abrasiert. Und doch hat sich alles verändert. Nicht mehr für *mich* da zu sein, ist eine Sache, für niemanden mehr da zu sein, eine andere. Dass ich fahren wollte, nicht fliegen, ist der Mutter nicht recht gewesen. So eine unsichere Strecke, hat sie gesagt. Aber die Fahrt ist notwendig, das Zeitlassen. Fliegen wäre zu schnell gegangen. Im Übrigen ist es eine Fahrt, die ich schon lange wieder einmal machen wollte, eine Reise, die wir gemeinsam nicht mehr gemacht haben, vor allem, weil wir es kaum schafften, eine halbe Stunde miteinander im selben Auto zu sitzen, ohne in Streit zu geraten. Angst, zu spät zu kommen, habe ich keine. Finden sie ihn, werde ich es bald genug hören. In solchen Angelegenheiten kommt man eher zu früh als zu spät. Mir ist jede Stagnierung recht.

Sie sind die erste Frau in meinem Leben, die mich überrascht hat, sagt der Grenzbeamte, hinter dem Schranken, den er vor meinen Augen heruntergelassen hat. Und ich habe viele Frauen kennen gelernt, fügt er hinzu. Zuerst siezt er mich, dann wechselt er unvermittelt zum Du. Er meint die Überraschung, dass ich Albanisch spreche. Oder bist du etwa doch von hier?, zweifelt er und betrachtet das Formular, in das ich als Geburtsort Österreich eingetragen habe.

Woher kannst du Albanisch?
Ich habe Familie in Albanien.
Ich hatte eine Tante in Albanien.
Ich habe einen Bruder in Albanien.
Einer meiner Großväter war aus Albanien.
Wie viele Großväter hast du?
Drei bis vier. Je älter ich werde, desto mehr werden es.

Der Grenzbeamte freut sich. *Jo! S'ka mundësi!,* ruft er fassungslos. Das sei unmöglich, meint er. Schnalzt mit der Zunge. Innerhalb kürzester Zeit wissen alle am Grenzübergang wartenden Reisenden, dass hier jemand aus Österreich ist, der Albanisch spricht. Was haben wir euch anzubieten, sagt er, ihr habt doch schon alles, Kafka, Goethe, *Stefan Zweigu, dhe mos harojmë Falcon, Rock me Amadeus*. Salzburg, nicht wahr? Das ist die Nummerntafel. *Mozarti!,* ruft der Grenzbeamte.
Im weißen Mercedes neben mir winkt jemand. Der Fahrer wünscht eine gute Reise und Glück im Leben. Bravo!, brüllt er, und danke, dass du Albanisch gelernt hast! Er brüllt, und aus den herumstehenden Autos winken und hupen lauter fremde Leute. Gern geschehen, schreie ich zurück.

Kaum kommt man über diese Grenze, fangen die Wunder an.
Kaum komme ich über diese Grenze, fange ich zu schreien an.

Auf albanischem Staatsgebiet verwandelt sich jedes Auto in einen Mercedes. Die meisten in einen weißen D 200, manche in einen weißen D 190, und einige in einen roten oder schwarzen D 200, die übrigen in einen grünen D 190. Die ersten sieben Autos, denen ich nach der Grenze begegne, sind weiß und ein Mercedes D 200. Das nächste ist grün und ein Mercedes D 190. Unterwegs zähle ich: von fünfzig Autos sind siebenundzwanzig ein Mercedes, von fünfzehn Wagen sind dreizehn ein Mercedes.

Frage: Warum ausgerechnet ein Mercedes?
Antwort: Das ist das beste Auto.

Mittlerweile hat das beste Auto der Welt auch in Albanien einige asphaltierte Flächen zur Verfügung. Die neue Schnellstraße zwischen Shkodra und Tirana ist fertig, aber mit meterhohen Betonblöcken versperrt, bis der zuständige Minister sie eröffnen wird. Wann, weiß man (noch) nicht. In der Zwischenzeit holpere ich mit durchschnittlich 30 km/h über die alte Straße voller Schlaglöcher, von der aus ich eine gute Aussicht auf die neue glatte habe.

Es ist weiter, als ich gedacht habe. In Shkodra parke ich vor der Moschee, sie soll vor kurzem restauriert worden sein. Auf einer Holzbank rechts vom Eingang sitzt ein älterer Herr und spricht mich an. Ob jemand, der nicht schreiben könne, von sich behaupten dürfe, ein Schriftsteller zu sein. Nein, das dürfe er nicht, beantwortet er seine Frage im selben Atemzug schon selber. Wer nicht schreiben kann, ist kein Schriftsteller, sagt er und rückt seinen Hut zurecht. Sein Hut ist eine wollene Kappe mit Krempe, die seine Augen vor der Sonne schützt und seinen Fingern Halt gibt, wenn sie die Kopfbedeckung einige Millimeter nach links oder nach rechts rücken. Ich habe keine Ahnung, wie er drauf kommt. Ob er ein Schriftsteller ist? Dem Namen nach sind wir Muslime, sagte er, aber wie kann einer ein Moslem sein, wenn er nichts weiß? Oder sehe er das falsch? Fragend sieht er mich an. Seine Finger suchen die Krempe. Ich weiß nicht so recht, was er von mir will. Wenn du weißt, bist du, wenn du nicht weißt, bist du nicht, sagt er und zweifelt nicht, dass er im Recht ist. Er habe acht Kinder, sagt er, vier davon, nein, sechs seien Mädchen, vier, nein, zwei seien Buben.

Seine Söhne glauben an Gott und die Verlobten der Söhne ebenfalls, und auch die Enkel. Aber sie glauben ohne Dokumente, er meine, offizielle Dokumente, sagt er, man brauche doch Dokumente, oder sehe er das falsch? Seine Kinder brauchen Dokumente, und daneben auch Sachen zum Lesen. Ja, die benötigen sie. Er sei heilfroh, dass der Kommunismus vorbei ist. Wer würde sich darüber nicht freuen?, fügt er hinzu. Damals waren die Moscheen Museen. Niemand betete, nur besichtigt wurden sie, von Touristen, unter sorgfältiger Führung und Bewachung. Heiden seien die Leute gewesen. Weißt du, was Heiden sind? Heide sein heißt, nicht wissen, was menschlich ist und was göttlich. Es ist eine schwierige Zeit gewesen, sagt er, aber gebe es leichte Zeiten?

Hinter ihm an der Mauer lehnt ein kurzer Spazierstock mit gebogenem Knauf. Der Mann ist neunundachtzig Jahre alt. Zum ersten nennen sie ihn Hasan Veli Hasani, sagt er, zweitens sei er Maurer gewesen. Aus seinem Dorf ist er herunter in die Stadt gekommen, um zu arbeiten, um Brot zu essen. Hasan vollendet seine Sätze fast nie. Hasan trägt einen dreiteiligen Anzug. Jeder einzelne der grauen Knöpfe seiner Weste steckt sorgfältig in dem dazugehörigen Knopfloch. Hasan schmunzelt nicht. Mit fünftausend Lekë im Monat habe er elf Leute erhalten. Er ist von seinem hölzernen Sitz aufgestanden, steht jetzt vor mir und greift nach dem Stock an der Wand. Das Gerede scheint ihm zu viel zu werden. Nein, nein, nein, sagt Hasan. Er gehe Mittagessen.

Bevor er geht, kommt ein Bub auf einem Fahrrad daher. Er fährt einige kreisrunde Spuren in den Sand, bremst vor uns, legt das Rad auf den Boden. Eines der Räder dreht sich weiter, während wir reden. Adan Peipaj, stellt er sich vor. Er ist zwölf Jahre alt und kann den Koran auf Arabisch singen, sagt er zu mir und zu Hasan. Die beiden sind befreundet, alle zwei verbringen sie viel Zeit im Garten der Moschee. Manchmal allerdings, da mache er einen Fehler, gibt er zu, beim Singen. Adan weiß, was er will. Er will so werden wie sein Cousin, der geht in der Türkei in die Schule, lernt dort Englisch, Rechnen und Lesen. Er hofft, dass sein Lehrer ihn hinschicken wird, wie er den Cousin hingeschickt hat. Adan hat eindeutige Antworten auf alle Fragen und ich frage mich, wann ich verlernt habe, eindeutige Antworten auf alle Fragen zu geben und ob jeder irgendwann einmal verlernt, eindeutige Antworten auf alle Fragen zu geben, wenn er älter wird.

Die Begegnung zerstreut mich, lenkt mich von meinen Gedanken ab, an Galip, an die Mutter. Zuversichtlich haben sie mich gemacht, diese beiden, der Alte und das Kind.

Hier ist die Nacht noch dunkel, sind die Straßen nicht beleuchtet. Ein Herr im grauen Anzug läuft am Rand der Autobahn Richtung Tirana. Hinter der nächsten Kurve steht ein neonrot erleuchtetes Kreuz zwischen den Bäumen. Dieses Kreuz hat es vor zwölf Jahren, als ich zum ersten Mal in die Gegend kam, noch nicht gegeben. Auf einmal bricht die Straße ab. Instandhaltungsarbeiten, ruft mir ein Polizist, der das Ende der Straße mit seinen Armen markiert, die Handflächen als Stopp hinhält, durchs Autofenster zu. Um weiterfahren zu können, muss ich warten, bis die Teerarbeiten vollendet sind. Ich warte. Der weiße Mercedes vor mir hat einen deutschen Aufkleber „Sicher zur Arbeit, sicher nach Hause“. Kurz vor Tirana passiere ich eine umgefallene Tankstelle. Die Dachplatte steckt neben den Zapfsäulen an zwei Ecken im Boden.
You are my sunshine, my only sunshine, you make me happy, when skies are grey. Die Sängerin ist eine Sonnenblume aus Stoff. Der Stiel von grünem Plüsch windet sich, wenn sie singt. Die Musik erklingt aus dem Topf. Niemand grinst. Alle schweigen. Ich bestelle ein Glas Wasser, bezahle das Benzin. Das dicke Barmädchen drückt auf die Taste der Kasse, die Lade mit dem Wechselgeld springt heraus. Die Blume ist still. Das

Mädchen gibt mir ein paar Münzen über den Tresen. Die Blume beginnt zu singen. Ich lächle das Mädchen verschwörerisch an, wir wissen beide, singender Plüsch ist nicht ernst zu nehmen. Sie packt die Stoffpflanze mit Mörderblick. Das Messer hat sie gleich zur Hand. Sie sticht in den Topf, von oben, da hinein, wo die Erde wäre, handelte es sich um eine natürliche Pflanze. Die Sonnenblume singt unbeirrt weiter. Sie schneidet ihr den Stiel durch. Die Plüschblüte fällt auf den Tresen, zwischen schmutzige Tassen und Löffel.

Zwischen acht und neun Uhr abends ist in Tirana jeder beim „Taiwanesen", ein kürzlich eröffneter moderner Restaurant-Café-Komplex, in dem die Toiletten ununterbrochen von weißbeschürzten, Gummihandschuhe tragenden, gut gekämmten Mädchen gesäubert werden, obwohl sie glänzen, wie ich selten Fliesen glänzen habe sehen. Der Taiwanese hat seinen Namen von einem chinesischen Restaurant, das sich früher einmal hier befunden hat. Obwohl im jetzigen Bauwerk alles serviert wird, nur bestimmt kein Gericht aus Taiwan, dient die Bezeichnung noch immer als einzig untrüglicher Code, einem Einheimischen besagten Ort zu beschreiben. Der Taiwanese liegt unter einer blauen Kuppel neben einem in allen Farben Wasser speienden Brunnen. Zwischen den Häusern dahinter öffnet sich ein freier Platz, der jetzt, am frühen Abend, voll besetzt ist mit kaffeetrinkenden Menschen. Es ist der Treffpunkt, den ich mit Galips

Cousin ausgemacht habe. Seitlich in den Bänken lehnen Jugendliche, reden nichts, spielen mit ihren Mobiltelefonen, trinken Kaffee. Sobald ein Tisch frei wird, eilen sofort neue Kaffeetrinker hin. Sie warten am Rand der gepflasterten Fläche, auf der die Sessel und Tischchen stehen, in der Wiese, oder am Rand des Springbrunnens. Ich eile auch und bestelle zwei Kaffee. Der zweite ist für Galips Cousin, auf den ich warte. Serviert werden Getränke, die wir kleine Schwarze nennen würden. Der eine ist fast doppelt so groß wie der andere. Als ich nach einem Glas Wasser frage, wirft der Kellner verneinend den Kopf in den Nacken. Es gibt gerade kein Leitungswasser. In den meisten Häusern Tiranas rinnt das Leitungswasser nur zu gewissen, festgesetzten Tageszeiten. Die ganze Nacht und den Großteil des Tages über gibt es nur Wasser aus den Reservoirs auf den Dächern. Neue Badezimmer haben alle.

Ein Kind in roten Hosen, vier oder fünf Jahre alt, kommt an den Tisch und fragt um 1000 Lekë. Es meint alte, also 100 neue. Mit dem Geld ist es wie mit dem Taiwanesen. Man rechnet mit dem vor der Währungsreform gültigen Kurs, der Wert der Scheine entspricht aber dem neuen. Die Währungsreform war in den sechziger Jahren. Es wirkt wie ein Spiel zur Verwirrung ausländischer Reisender, die nie genau wissen, was sie von den Preisen halten sollen. Ab und zu verwirrt es auch die Albaner selber. Die meisten haben den „alten

Lekë" nie gesehen, rechnen aber unbeirrt damit. Ich habe kein Kleingeld bei der Hand, suche in der Tasche. Der Kellner will die Kleine wegjagen. Sie harrt aus, weil sie mich in der Tasche kramen sieht. Jetzt fühle ich mich verpflichtet, ihr etwas zu geben. Ein kleiner Bub drängt sich neben ihr an den Tisch heran. Er ist jünger als sie, ihr Bruder, vermute ich, als ich in die Gesichter schaue. Ich gebe der Kleinen in den roten Hosen 100 neue Lekë.
Aber teilen, sage ich.
Okay, sagt sie.
Der Bub brüllt schon.
Schau, er will nicht teilen, sagt sie zu mir, rennt vergnügt davon. Kurz danach sehe ich sie im Gespräch mit einer Frau zu mir deuten. Sie hat es mir gegeben, höre ich sie brüllen, die Tante dort. Ich will ihre Tante nicht sein. Später sehe ich sie am Ende der Straße sitzen, mit dem Rücken zur Wand. Über ihre Wangen ziehen sich dreckige Tränenstreifen. Ich wünschte, ich hätte ihr das Geld nie gegeben. Ein Eis hätte ich ihr geben sollen. Ein Zuckersackerl vom Kaffeetisch. Aber diesen Kaffee kann ich noch trinken.

Der Cousin kommt. Bald verlassen wir den Taiwanesen. Komm, lass uns nach Hause gehen. Die Tante erwartet dich, sagt der Cousin. Alle Verwandten, die sich nicht im Ausland aufhalten, wohnen jetzt in zwei von türkischen Investoren neu errichteten Türmen im Stadtzentrum. Sie besitzen fünf Wohnungen von exakt

gleichem Grundriss im 6., 8., und 10. Stock des ersten Turms und im 8. und 10. Stock des zweiten. Die Zeit verbringen sie damit, im Aufzug zwischen den einzelnen Stockwerken hin und her zu fahren. Das Grundstück, auf dem die Türme stehen, ist eins der Grundstücke, von denen Galip mir immer erzählt hat, Grundstücke, die *Shoku* Enver seiner Familie genommen hatte, Freundchen Enver, und seine Freunde. Nur dieses eine haben sie bisher zurückbekommen. Es ist gerade groß genug für die beiden Türme. Als Pacht erhielten sie fünf Wohnungen in den oberen Etagen, eine für jeden Zweig der Familie. Galip hofft auf mehr, das weiß ich, er hat immer wieder davon geredet, auch als wir telefoniert haben, zum letzten Mal, das gleichzeitig wieder ein erstes Mal gewesen ist.
Er hofft darauf, reich zu werden.
Ich weiß nicht, wie viel der Cousin über Galip und mich weiß. So nahe ist er mir nie gestanden. Er erkundigt sich auch nicht, was ich jetzt mache, ob ich mit jemandem zusammenlebe. Nur, wie es mir geht, hat er mich gefragt, als wir uns gegrüßt haben. Dass ich in Form sei, hat er zu mir gesagt.

Im ersten Turm, wo Galip in der Wohnung seiner Eltern wohnt, gewohnt hat, bis vor zehn Tagen, als er verschwand, wohnt auch der Vater des Premierministers, erzählt der Cousin, während wir in den Lift steigen. Der Vater des Premierministers hat seinen eigenen Aufzug. Damit ihn niemand außer ihm benüt-

zen kann, hält er nur in den Stockwerken, die er (und sein Sohn) bewohnen und im ersten, wo ein Café ist, das *Pianobar* genannt wird. Wenn der Strom ausfällt, gibt es für die Aufzüge ein Notstromaggregat. Wenn das ebenfalls ausfiele, müsse man in den 6., 8. oder 10. Stock zu Fuß gehen, falls man nicht im Lift feststecke wird mir erklärt. Vom Strom wird gesprochen, als verfüge er über eine eigene Persönlichkeit, ja gar einen gewissen Intellekt, der ihm ermöglicht, sich mit den „gewöhnlichen" Bewohnern des Hauses zu solidarisieren und sie durch Ausfallen am Premierminister und seinem Vater zu rächen. Mangelt die Elektrizität, ist der Herr Strom anderswo, müssen eben auch sie zu Fuß gehen. Sogar der Vater des Premierministers! Letzteres betont der Cousin zufrieden. Er ist sichtlich stolz darauf, im selben Haus zu wohnen wie der Vater des Premierministers. Ein Haus, das über eine Pianobar verfügt, dessen Eigentümer Deutscher ist. In der Ecke neben dem Eingang zur Toilette gibt es dort den „Deutschen Tisch Tiranas", sagt der Cousin, während wir an neun Stockwerken vorbei nach oben gleiten. Wenn du magst, gehen wir nachher hin. Im Erdgeschoss des anderen Turms gibt es ein Internetcafé und T-Shirts mit dem Aufdruck der albanischen Flagge. Wenn der Strom ausfällt, funktionieren die Computer nicht, doch die T-Shirts lassen sich noch immer verkaufen. (Herr Strom solidarisiert sich mit den Arbeitern.)
Die Ruhe des Cousins wundert mich. Bei der Begrüßung hat er sehr wohl betroffen gewirkt, hat gegrüßt,

als würde er mir kondolieren, als empfange er einen Trauergast. Jetzt hingegen wirkt er entspannt. Als sei der Grund meines Hierseins, ihre neuen Wohnungen zu besichtigen. Mir fehlt das Haus, das alte. Was ist aus dem Haus geworden? Er weiß gleich, was ich meine. Ja, sagt er, als der Lift im zehnten Stock hält, das Haus, leider, das ist am Verfallen. Steht schon lange leer. Wir wollen es abreißen und ein neues hinstellen, ein mehrstöckiges, mindestens drei Stockwerke. Seit Galip verschwunden ist, sind die Arbeiten zum Erliegen gekommen. Er hat sich darum gekümmert, wollte eine österreichische Baugesellschaft beauftragen. Die Österreicher sind am verlässlichsten, hat Galip gesagt.

Die Tante wartet. Im Türrahmen stehend weint sie, sobald wir hereinkommen. Wie gut, dass du gekommen bist, sagt sie, wie gut. Wie hübsch du geworden bist, sagen die anderen anwesenden Verwandten zu mir. Wie hübsch ihr geworden seid, sage ich zu ihnen. Komm, schau dir die Aussicht an, sagt die Tante, und führt mich am Ellbogen hinaus auf den Balkon. Wir sind hoch über der Stadt. Der Cousin fotografiert uns mit dem Rücken zum Balkongeländer, die Pyramide im Hintergrund, die sich *Shoku* Enver als Denkmal setzen hat lassen. Dort wurden einst seine abgetragenen langen Unterhosen und die viermal gewendeten Sakkos ausgestellt, ebenso die geflickten Schuhe, die er jahrelang zu tragen vorgab, so die Tante. Er verschwendete nichts, wie er auch vom albanischen Volk verlangte, nichts zu verschwenden. Daher trugen alle jahrzehntelang dieselben weißen Unterhemden. Denn es gab nur eine einzige Unterwäschefabrik im Land, und die stellte weiße Unterwäsche her. So der Cousin, und grinst, denn er trägt noch immer weiße Unterhemden. Man sieht sie durchs Hemd. Die Pyramide steht mittlerweile leer, bis auf ein Esslokal. Dessen Name, „Mummy", ist in triefenden roten Buchstaben auf die Seitenwand der Pyramide geschrieben, wo früher die Kinder Rutschbahn spielten.

Die Wohnung ist gut eingerichtet. Keines der Möbel kommt mir bekannt vor, kein Stück stammt vom *Haus*. Das Haus ist ebenerdig. Geformt wie ein L schmiegt es sich an einen Garten, mit Obstbäumen, älter als das Haus. Und dieses Haus schmiegt sich wirklich, es wirkt wie gewachsen. Und ist folglich am Verrotten, wie die Tante mir wiederholt. In seiner Mitte umschließt es einen Innenhof, von dem aus man in alle Zimmer sieht. Eine Palme ist manchmal in diesem Hof gestanden, ein Sessel aus Plastik oder ein Rosenstock. Das Haus ist das Haus, wo Galips Großmutter Bibika in der Türschwelle tot umfiel. Vermutlich muss es abgerissen werden, sagt die Tante, es entspricht den Anforderungen der heutigen Zeit nicht. Wir gehen fast nicht mehr hin. Fast als ebenso bedrückend wie Galips Abwesenheit empfinde ich die Verleumdung des Hauses.

Am blanken flachen Tisch des neu eingerichteten Wohnzimmers liegt ein Kuvert. An Galip adressiert.

Da ist Post für ihn gekommen, ein dicker Brief aus Österreich, vielleicht willst du es dir anschauen, sagt der Cousin, Absender steht keiner drauf. Natürlich nicht. Schon recht, sage ich, ich schau es mir gleich an.

Einer ist auf die Straße heruntergefallen. Fallen hatte ihn eigentlich niemand gesehen, nur landen gehört auf dem Schotter, das Stück, wo er gelandet ist, war nämlich noch nicht asphaltiert. Weil den Vorfall niemand beobachtet hat, hat man nicht gleich gewusst, was da gefallen war. Es hätte auch ein Objekt sein können, ein Sack, ein Koffer. Um die Mittagszeit ist es gewesen, viel Verkehr, und kurz nach dem dumpfen Aufprall ist ein Lastwagen dahergekommen, ein zweiteiliger mit Doppelrädern. Der Fahrer hat es nicht mehr geschafft, rechtzeitig zu bremsen. Selbst wenn er gesehen hätte, was da vor ihm auf der Straße lag, wäre ihm nichts anderes übriggeblieben, als drüberzufahren – so ein Frachter hat einen Bremsweg von hundert Metern. Die Straße wird auch sehr schmal an dieser Stelle, der Cousin unterbricht die Tante, es sei auch eine Zumutung, dass die Transporter vom Steinbruch durch diese enge Gasse fahren, er habe es immer gewusst, das sei gefährlich, da würde noch einmal etwas passieren. Vor Entsetzen konnte der Fahrer stundenlang kein Wort mehr herausbringen, als er erfuhr, was er überfahren hat. Ein Matsch ist es gewesen aus Kleidern, Blut und Sand, der Tante rinnen die Tränen über die Wangen. Ihre linke Gesichtshälfte zuckt, als wäre sie unabhängig vom Rest des Kopfes. Sie haben mich noch nicht durch die Wohnung geführt, nur ins Wohnzimmer, mich gleich hinsetzen lassen, gleich Wasser hingestellt, der Cousin kocht Kaffee. Von hinten legt er mir seine Hände auf die Schultern. Die Tante hat ihn immer besonders gemocht, es hat da immer etwas gegeben, zwischen der Tante und ihm. Es ist der Nerv, flüstert er mir ins Ohr, sie hat solche Schmerzen. Ich drehe mich zu ihm um. Er fährt mir über die Haare. Du hast dich gar nicht verändert. Das kommt mir immer wie eine schlechte Nachricht vor. Wer will über ein Jahrzehnt hinweg stets derselbe bleiben? Danke, sage ich, du auch nicht. Von irgendwoher kommt jemand herein, ein anderer Verwandter, den ich nur flüchtig kenne. Ich erinnere mich an den Nerv der Tante, den hat sie früher schon gehabt. Helfen die Medikamente nicht mehr? Gar nichts hilft, nicht einmal im Ausland gibt es etwas, diesen Nerv zu kurieren. Sie nimmt immer mehr Medikamente. Oft ist sie völlig weggetreten. Der Cousin bleibt hinter mir stehen. Weggetreten kommt mir die Tante gar nicht vor. Ich schaue ihrem Nerv zu, wie er zuckt; sie erzählt. Ich knie mich zu ihr hin, neben den Sessel, auf dem sie sitzt, als einzige hat sie sich nicht auf den Diwan gesetzt, der an der Wand gegenüber der italienischen Küchenzeile namens Westinghouse steht. Ja, den hat Galip für den Großvater gekauft, damit er bequem liegen kann, wenn er ihn besuchen kommt. *Divani për gjyshin*. Für den Opa. Galip hole ihn oft mit dem Auto

ab, damit er den Nachmittag bei ihm verbringe. Die moderne Wohnung sei viel bequemer für Kranke als die der Großeltern.
Auf einem Beistelltischchen steht eine gerahmte Fotografie, aufgenommen im Park des Sanatoriums. Noch steht der Großvater selber, an einen Stock gelehnt, aber aufrecht, und der Schnurrbart gezwirbelt, wie es sich gehört, das Haar ganz weiß, er lächelt, wie immer, nur das Licht in den Augen ist milder geworden, kein Strahlen mehr, ein Schein. Ich lege der Tante den Arm um die Schultern, sie schluchzt. Die Verkäuferin vom Schmuckgeschäft an der Ecke dieser verfluchten schmalen Gasse hat mir gesagt, der Fahrer habe stundenlang nicht mehr sprechen können, wiederholt die Tante. Gerissen habe es den armen Kerl, am ganzen Körper habe er gezittert. Ein junger Mann, nicht älter als siebenundzwanzig, der werde sich nicht so bald wieder in die Kabine eines Lasters setzen. Haare hat man gar keine erkennen können, nicht einmal die Farbe, so haben die vier Paar Doppelräder den Körper zugerichtet, der da auf die Straße gefallen war. Nur an den Schuhen hat man festgestellt, dass es sich um einen Mann handelt, sonst war beileibe nichts Männliches mehr auszumachen. Die Verkäuferin habe sich kaum hinschauen getraut, sagt die Tante, jetzt mit fester Stimme. Ihr Nerv ist ruhig. Sie streicht mir übers Gesicht, mit beiden Handflächen, sagt, meine arme Kleine. (Ich bin einen Kopf größer als sie.) Mir ist, als verhielte ich mich ungeziemend. Müsste wehmütig

sein. Bin perplex. Als wäre, was geschieht, gar nicht echt, ich selber nicht echt, als hätte mich jemand hier hereingesetzt, in dieses einwandfreie Wohnzimmer, als Dekor, die ganze Stadt verwandelt in etwas, das sie nie war. Die Verkäuferin habe sich kaum hinschauen getraut, sagt die Tante noch einmal, habe um ihren Verstand gefürchtet, wenn sie so einen Anblick hineinließe, gefürchtet, ihre Augen könnten zerplatzen, wenn sie das erblickten.
Ein Mobiltelefon sei eigenartig unversehrt neben ihm gelegen, einen Meter daneben. Knallblau. Sogar die Anzeige habe geblinkt. Die Weckfunktion hat sich eingeschaltet gehabt, getrillt hat es auf dem Schotter, bis jemand es aufgehoben hat. Das Telefon war nicht unter die Räder gekommen, musste dem Gefallenen erst beim Aufprall aus der Tasche gerutscht sein. Es war dreckig, aber intakt. Man hat es einschalten können, irgendjemand hat sich doch hingetraut, zu der überfahrenen Masse, das Telefon aufgehoben und die letzte gewählte Nummer angerufen, und die sei eben die Nummer der Tante gewesen. Das wisse seine Mutter noch gar nicht, Käthe hat keine Ahnung, sagt der Cousin. Das wollen sie ihr ersparen. Diese Quälerei wollen sie ihr ersparen. Der Leichnam ist noch nicht identifiziert, aber das Telefon eindeutig, es gehört *ihm*. Der Cousin bekommt wässrige Augen und ich auch, aber nicht wegen mir, sondern wegen dem Cousin. Ich bin nicht mehr gewöhnt, wie unbefangen die Leute hier weinen, muss es mir erst wieder angewöhnen.

Unsere einzige Hoffnung sind die Schuhe, fährt er fort. Die sind nämlich nicht seine, keiner von ihnen hat ihn je mit solchen Schuhen gesehen, und neu sind sie auch nicht, die Sohlen schon abgetragen an den Fersen und Rändern, unregelmäßig abgetragen, als wäre der Mensch, der sie anhatte, mit dem linken Fuß schwerer aufgetreten als mit dem rechten. Es können also keine Schuhe sein, die er sich gerade erst gekauft hat, die deshalb noch keiner aus der Familie kennt. Zusammen mit der Tante sei der Cousin auf die Polizei vorgeladen worden, die Schuhe zu identifizieren. Stärker als die Füße sind diese Schuhe gewesen, man kann die Marke noch erkennen, Eidechsenschuhe. Natürlich habe er gleich an Österreich denken müssen, wie österreichische Schuhe hätten sie ausgeschaut, ob Galip sie vielleicht mitgebracht hat und nie getragen? Ob ich bereit wäre, er fasst mich um die Taille, hilft mir auf, dreht mich zu sich, alle sind wir jetzt aufgestanden, auch die Tante erhebt sich, ob ich bereit sei, auf die Polizei mitzugehen und diese unversehrten Schuhe zu identifizieren. Vielleicht kenne ich sie. Ich bin die einzige, die übrig bleibt, sagen kann, ob es die seinigen sind, seine österreichischen Schuhe. Haut und Knochenreste habe der Leichenbeschauer entfernt, ich brauche keine Angst zu haben. Die Schuhe hätten noch immer ihre Form, ihre Schuhpassform. In die seien sie zurückgeschlüpft. Der Frachter habe auf den Schuhen kaum eine Spur hinterlassen. Es sei unwirklich, sagt der Cousin.

Du schläfst doch bei uns, ich richte dir den Diwan her, sagt die Tante. Ihr Nerv ist noch immer ruhig. Morgen schauen wir dann. Ja, gehen wir auf die Polizei, sage ich, wir müssen gehen, es muss doch möglich sein, zu erfahren, wer der Mann gewesen ist, der hier vor eurem Haus überfahren wurde. *S'e beson dot*, sie glaubt es einfach nicht, flüstert der unbekannte Verwandte, ein Bruder seines Vaters zur Küchenzeile. *Çfarë?* Leg dich ein bisschen hin, sagt er, du bist müde von der Reise. Wo soll ich das Auto lassen? Ich fahr es in die Garage, sagt der Cousin, wir sehen uns morgen.

In der Früh steht er auf dem Balkon, als ich wach werde. Er muss Wäsche gewaschen haben, an dem Tag, sagt der Cousin, als er ins Wohnzimmer hereinkommt, seine Hosen und Hemden sind noch feucht an der Leine gehangen, ein Pullover über dem Geländer. Der war trocken, wie achtlos hingelegt, ein Ärmel eingestülpt.

Auf der Polizei ist man zuvorkommend. Ich werde als Braut vorgestellt, *nusja*. Der Antipode einer Braut bin ich, sie tun aber, als wüssten sie von nichts, als wären Galip und ich ein Paar, wie einst. Sie schauen mich betreten an, mitfühlend, als die Schuhe gebracht werden. Man hat uns in einen Raum geführt, in dem nichts ist, außer einem Tisch mit weißer Platte, von einer Plastikfolie überzogen, Klebeband hält sie an den Ecken fest. Schwer zu sagen, wie viele Beamte hier arbeiten. Ständig geht einer hinaus und kommt ein anderer herein. Er sei früher Lehrer gewesen, sagt derjenige, der mich begleitet, und eigentlich sei er das immer noch, aber um etwas mehr zu verdienen, müsse er auch bei der Polizei bleiben. Das haben viele gemacht, in letzter Zeit, sie sind Polizisten geworden. Polizisten werden immer gebraucht, man kann nie genug Polizisten haben, besonders nicht hier, bei uns. Die Schuhe sind schwarze Halbstiefel, mit einem Reißverschluss an der Seite. Schuhe eines nicht mehr ganz jungen Mannes, würde ich sagen. Der Polizist, der früher Lehrer gewesen ist, dreht sie vor mir hin und her. Er greift sie mit bloßen Händen an. Seltsam, dass ich das seltsam finde. Als wären die Stiefel verseucht. Mit einem Virus, das einen aus dem zehnten Stock fallen lässt. Etwas abgeschabt sind sie, das Leder ist rissig an den Stellen, wo der Fuß es beim Gehen immer wieder zusammengedrückt hat. Ich friere hier drinnen. Ich habe diese Stiefel nie zuvor gesehen.

Die Tante ist zuhause geblieben. Sie erwartet uns mit Kaffee. Ihr Nerv ist wieder in Bewegung geraten. Kann ich dir nicht helfen, kann ich nicht etwas für dich tun, eine Therapie organisieren? Nein, gar nichts, *zemër*, nichts kannst du machen, da ist nichts mehr zu machen mit mir. Die Verwandten sitzen am Diwan und rauchen. In diesem Land bekomme ich Lust, Raucher zu sein. Stundenlang könnte man dann mit Zigaretten in Händen und Mund herumsitzen, jedes Mal daran ziehen, wenn man keine Antwort weiß. Vielleicht ist das überhaupt der Grund, warum es so viele Raucher gibt, nicht nur hier, dass das Rauchen die einzige Antwort ist, die immer gilt. Magst du Apfelsaft, *lëng molle*, du hast doch immer gern Apfelsaft getrunken. Jetzt haben wir italienischen, nicht mehr den griechischen, der italienische schmeckt mir besser, sagt die Tante, hält sich eine Hand an ihre Wange. Wir trinken Kaffee, reden ab und zu ein bisschen. Die Zeit ist groß, das Leben langsam und daher lang. Eine Art Paradies, auf seine Art eben, weil wir nicht wissen, dass es eines ist. Seit ich die Schuhe nicht erkannt habe, hat sich eine Entspanntheit über die Verwandten gelegt, wie ein Schleier, der die Gesichter runder macht, fast froh. Gehen wir den *daja* besuchen, sagt der Cousin, er wohnt im anderen Turm. Wir drängen uns zu siebt in den Lift.

Daja, der Onkel, sitzt im Lehnstuhl, gepflegt von seiner Tochter, die ein Baby im Arm hält, spricht kaum und wenn, dann fast ausschließlich Französisch. Er ist Regisseur gewesen, auch Autor einiger unveröffentlichter Bücher, die jetzt in einigen Pappschachteln am Dachboden herumstehen. Die Wände des Zimmers sind voll mit Ölbildern. Landschaften, Gesichter, Straßenecken in intensiven Farben, die leuchten, obwohl die mit Baumwollschichten zugehängten Fenster kaum genug Licht hereinlassen, die Falten im Gesicht des alten Mannes zu zählen und sein ungefähres Alter zu erahnen. Unterbrochen vom Husten, in den er ab und zu unkontrolliert ausbricht, erzählt er von Paris, den

Schiffen vor der Côte d'Azur, einer Fahrt im Fesselballon, wo er im weißen Anzug gewinkt hat, von oben. Die Tochter schüttelt zustimmend den Kopf, scherzt mit ihrem Kind, serviert Pfefferminzsaft, der grün ist, einfach grün. Trink ihn, und du wirst ewig grüne Augen haben, sagt der Greis mit plötzlich überraschend klangvoller Stimme, vergiss das nicht, ewig wirst du grüne Augen haben, denk daran, wenn du Kummer hast, denk an die hinterste Ecke des Gartens, zwischen Brennnesseln und Brombeerstauden, wenn du dich schwach fühlst, erinnere dich, an die hinterste Ecke des Gartens eures alten Hauses und die Farbe, die die Farbe deiner Augen ist. Er ist verrückt, raunt mir der Cousin ins Ohr. Weißt du, sage ich zu ihm, ich hoffe, ich werde das auch einmal haben, eine gewisse notwendige Verrücktheit.

Der Cousin lehnt sich zurück. Vielleicht könnt ihr eine Reise machen, ein bisschen herumfahren im Land, du kennst doch auch noch nicht alles. Das ist der Vorschlag der Tante. Seit man Autos besitzt, gilt Ein-bisschen-Herumfahren als Allheilmittel. Mir ist alles recht. Im Fernseher, der tonlos läuft, kommen Berichte aus Tirana. Der Turm, in dem wir sitzen, ist zu sehen, der daneben ebenfalls, die schmale Gasse. Schalt ihn ein, sagt die Tochter, dreh den Ton auf. Ein Bub, den ich nicht kenne, hält die Fernbedienung … *der Tote konnte noch nicht identifiziert werden* hören wir noch, dann wird der folgende Beitrag eingeblendet.

Wir brechen zu dritt auf, der Bruder seines Vaters, der Cousin und ich. Ich will, dass die Tante mitfährt. Mein Schatz, dazu bin ich nicht im Stande, sagt sie, das verbietet mir der Nerv. Außerdem muss jemand hierbleiben. Falls es Neuigkeiten gibt. Falls Galip zurückkommt. Er hat nicht einmal einen Schlüssel mitgenommen. Der Bruder des Vaters sieht sie an. Komm, wir fahren, sagt er. Sie wollen mir das Grabmal Skanderbegs zeigen, des Helden der Nation. Es befindet sich in Lezhë, ungefähr zwei Autostunden von Tirana entfernt. Kaum sind wir draußen im Gang, läuft uns die Tante nach, auf den Schnallen ihrer Schlapfen hüpfen rosa Nelken. Nimm das Telefon mit, nimm sein Telefon. Ich lehne ab. Sie steckt es mir in die Jackentasche. Ich stopfe ein Taschentuch darauf, will es nicht berühren, will es nicht haben. Unterwegs läutet es unzählige Male. Immer ist es seine Mutter. Ich stelle es auf lautlos.

In Lezhë besuchen wir zuerst einen Maler, einen Bekannten des Cousins. Er malt Pferde in allen Farben. Politiker als Pferde. Ein winziges Pferd in der Ferne. Ein Pferd in Nahaufnahme. Der Maler lässt sich vor seinen Bildern fotografieren, fotografiert mich vor seinen Bildern, die das ganze Haus lückenlos füllen. Es müssen Hunderte sein. Er schenkt mir ein Photo von zwei weißen Pferden. Für deine Schwester, sagt er, als er hört, dass meine Schwester Pferde mag, nein: liebt. Auch von einem Weihnachtsstern hat er ein Bild gemacht, das mir bekannt vorkommt, sogar die Farben, obwohl es wahrlich keine Farben sind, in denen man sich einen Weihnachtsstern normalerweise vorstellen würde. Die Gattin des Malers ist gelockt, wie eine Puppe, trotzdem garstig anzuschauen, als wäre sie fünfzehn Jahre älter als er. Ihre Flüsterstimme ist beim Abschied kaum hörbar.

Der Führer am sogenannten Mausoleum, das in Dimension und Sauberkeit meine gewagtesten Erwartungen übertrifft, spricht wie ein Buch, macht regelmäßige Pausen, um seine Worte ins Publikum sickern zu lassen, und hat ein Holzbein. Skanderbeg, der Held, trägt in allen Standbildern einen Helm mit einem Gämsenkopf obendrauf. Gämsen, die hier wilde Ziegen genannt werden, haben ihm der Legende nach das Leben gerettet. Alle Helme und Schwerter des Helden, die wir in Albanien sehen, seien jedoch Nachbildungen, sagt der Führer eifrig, die echten Schwerter und auch der Helm mit dem Gämsenkopf befinden sich in der Hofjagd- und Rüstkammer des Kunsthistorischen Museums in Wien. Die besten Kopien davon gebe es allerdings in Kruja. Wir sollten nach Kruja fahren, rät er uns. Nach seinem Tod hätte Skanderbegs Frau Schwerter und Helm nach Italien mitgenommen. Von da aus seien sie nach Wien gelangt, irgendwie.

Die im Mausoleum ausgestellten Schwerter sind riesenhaft. Kein Kraftbatzen könnte sie länger als ein paar Minuten lang halten. Sie waren ungemein stark, damals, weiß der Führer mit dem Holzbein, zudem weiß er, dass es Österreicher, Grazer um genau zu sein, gewesen sind, die hier in Lezhë noch vor dem ersten Weltkrieg die ersten archäologischen Ausgrabungen getätigt haben. Unter der heutigen Stadt verbirgt sich nämlich das alte Lezhë, eine der ältesten Siedlungen Albaniens überhaupt. Danach sei hundert Jahre lang niemand mehr gekommen, bis vor kurzem neuerlich einige Grazer Interesse zeigten, in Lezhë ans Werk zu gehen. Woher ich komme, haben wir ihm verschwiegen, Einheimische zahlen ein Drittel des Eintrittspreises für Touristen. Hier gilt die Sprache als Ausweis. Wer Albanisch spricht, ist Albaner.

„Skanderbeg, ich liebe dich" steht im Gästebuch des Museums von Kruja, der Stelle, an der der Held von seiner Burg aus die Türken fünfundzwanzig lange Jahre in Schach gehalten hat. Geschrieben hat es ein zehnjähriges Mädchen, das den Helden mit ihren Eltern besuchte. Am Tor zur Burg verkauft ein Herr im Anzug die Eintrittskarten. Wieder bezahlen wir nichts, englische Touristen dafür das Doppelte vom Preis, der auf dem Schild am Tor angegeben ist. *Eshtë cmimi i vjetër*. Das ist der alte Preis, sagt der Herr im Anzug, zuvorkommend lächelnd. Im Museum ist auch die Schwester des Helden zu sehen, Mamica, in Stein gehauen wie ihr Bruder, eine große Kriegerin.

Ohne Skanderbeg wärt ihr auch türkisch geworden, ihr Österreicher, hat Galips Großvater oft stolz zu mir gesagt; als hätte er den Feldherrn höchstpersönlich erfunden. Ich habe mich nicht zu widersprechen getraut. In der europäischen Geschichte kannte ich mich nicht gut genug aus, um zu widersprechen.

Im Hotel „Nertili“ ist der Plafond des Zimmers gelblich, mit halbmondförmigen Pinselstrichen bedeckt. Auf diese Weise sehen keine zwei Räume gleich aus. Draußen glänzt auch ein Mond. Das Hotel ist nagelneu und so nahe ans Meer gebaut, dass unter der Wasseroberfläche die aus der Baugrube gehobenen Steinhaufen aufragen. In der Nacht wirken die Geröllhalden unterm Wasser weniger bedrohlich. Der Herbst ist noch warm. Dass ich schwimmen gehe, erzähle ich meinen beiden Reisegesellen nicht. Sie rasten in ihrem Zimmer. Die Fische schlafen ebenfalls, stehen bewegungslos in der Strömung, man kann sie kurz berühren, bevor sie erwachen und wegflitzen. Fressende Seegurken kriechen über den Sand, Staubsauger des Meeresgrundes. Meeresleuchten: jede Bewegung des Arms ein kleines Feuerwerk zwischen den Tropfen; Leuchtbakterien sind das, chemische Reaktionen in winzigen Lebewesen, die Glühwürmchen der See. Fliegende Autos dahinter. Der Hügel, unsichtbar geworden in der Schwärze, Teil von Himmel und Wasser, verbirgt den Trick der Gravitation, verwandelt Kraftfahrzeuge in schwebende geräuschlose Lichtkegel.
Jedes Mal, wenn ich nach unten komme, in die große Halle, Gaststube, deren Decke erst gestuckt werden muss, wo auch die Kühlschränke stehen und von den

Gästen nie jemand sitzt, wo sich eine Bar befindet, die später wohl einmal das Herzstück des Restaurants ausmachen soll, ist die Belegschaft um einen langen Tisch mit weißem Tischtuch geschart und schaut in den Fernseher, der hoch über einem der Kühlschränke auf einem speziellen Ständer hängt. Die Hotelangestellten sitzen und sprechen leise, wenn sie nicht gerade aufstehen und den Kanal wechseln oder die Farbnuancen des Bildes anders einstellen. Ich schaue einige Minuten lang durch die Glastüren der Kühlschränke auf die darin aufgereihten Getränke, wende mich dann unbestimmt an die um den Tisch versammelten Mitarbeiter und frage, ob ich mir eine Flasche Cola nehmen darf. Nimm sie nur, sagt die rundliche Frau mit der weißen Schürze, die mir, sobald sie spricht, viel freundlicher als auf den ersten Blick, ja fast liebevoll vorkommt. Mütterlich sieht sie aus mit ihrer Schürze, den ruhigen Händen darauf. Wie viel macht es aus? Zweitausend. Da, du hast sie schon in der Hand, sagt sie, auf zwei 100-Lekë-Scheine deutend.
Abends sitzen wir auf einer Terrasse direkt am Meer. Die Kellnerin ist blond und trägt fünfzig Spangen im Haar. Sie läuft auf Sandalen mit gefedertem Absatz. Wenn sie über zwei zwischen Terrasse und Restaurant liegende Stufen zur Küche hinaufgeht, sieht man die Federn ihrer Absätze auf- und abspringen.

Am Strand von Durrës sind wir die einzigen Gäste auf dem vom Hotel „Elba“ verwalteten Sandstück. Hier sind die Menschen für die Sonnenschirme gemacht und nicht umgekehrt. Im Laufe des Tages bewegen wir uns gezwungenermaßen mit dem Schatten um den Schirm. Wollte man nicht sich selber, sondern den Schirm bewegen, müsste man zuerst den schweren Schirmständer aus Beton vom Fleck schieben, in den der Stiel mit Sand und Steinen eingemauert ist. Der Ständer ist wie festgeschweißt. Die Pizza schmeckt sauer. Aber sie kommt aus dem Holzofen, sagt der Kellner, als ich mich beschwere. Die Rutschbahn am Strand hinter dem Restaurant ist abgebrochen und führt in den Sand. Ich schlage vor, zurück nach Tirana zu fahren. Es ist das erste Mal, dass ich ohne Galip durch Albanien fahre. Wir haben nicht darüber geredet, diese letzten beiden Tage. Nicht über ihn, nicht über seine allgegenwärtige Absenz. Die Polizei müsste ihn doch finden können, in diesem kleinen Land, hat der Bruder des Vaters einmal gesagt, und der Cousin hat mit dem Kopf gewackelt, du kennst sie doch, gemeint, wie würden frühpensionierte Lehrer in Uniform einen Verschwundenen aufspüren – so einen Verschwundenen? Vermissen die dich zuhause eigentlich nicht? Musst du nicht anrufen? Jetzt meint der Cousin mich. Ich habe gar nicht gesagt, dass ich weg bin, gestehe ich ihm. Ich rufe auch sonst kaum an. Da haben sich die Richtigen gefunden, sagt der Cousin, Geheimniskrämer erster Klasse. Eher das Gegenteil von gefunden, denke ich mir, ignoriere aber die Bemerkung. Sie sind es gewöhnt. Ich bin viel unterwegs. Für sie bin ich sowieso außer Reichweite, in einem anderen Land. Italien, Albanien, das kommt für sie aufs Gleiche hinaus, zu weit weg, um auf ein Abendessen vorbeizuschauen. Du kennst doch meine Eltern, sie haben ihr eigenes Leben. Sie sind wie ich, sie machen sich nicht so viel Sorgen. Ja?, der Cousin klingt nicht recht überzeugt. Unbekümmert bist du mir noch nie vorgekommen, fügt er zweifelnd hinzu, nimmt seine Augengläser ab, legt den Kopf dabei schief. Ruf sie doch an, drängt er, nur kurz. Ich weigere mich. Wen ich wirklich meine, wenn ich zuhause sage, will ich ihm nicht verraten. So unrecht hat er gar nicht, wenn er mich der Geheimnistuerei bezichtigt. Männergeschichten will ich allerhöchstens mit der Tante besprechen. Die ist verschwiegen.

In der unseligen Gasse vor den zwei Türmen stehen frischgepflanzte Platanenschösslinge. Ein kupfernes Schild an der ersten Pflanze besagt, dass die Bäume von der europäischen Südosteuropahilfe gesponsert sind. Hinter einem Eisengatter sitzt im Schatten ein Mann auf einem dieser bunten Liegestühle, die man am Strand auch mieten kann. Zwei Ziegen grasen zwischen glänzenden chinesischen Fahrrädern, fabrikfrisch, allmorgendlich zweimal abgestaubt und poliert. Aus den Fenstern eines Hauses hängen geblümte Vorhänge herunter, bis auf den Gehsteig, wo sie zur Schau und zum Verkauf angeboten werden. Im Café um die Ecke ist eine Hochzeit, die Leute tanzen auf dem Trottoir. Überall haben wir unterwegs Bräute in Autos sitzen gesehen, aus Autos steigen, sind Bräute fotografiert worden. Es ist Samstag. Was wirst du jetzt tun, fragt die Tante, die in seinem Wohnzimmer auf dem Sessel sitzt, als hätte sie sich, während wir fort waren, gar nicht bewegt. Ich bleib noch ein Weilchen, wenn es euch recht ist, eine Woche oder so. Bleib für immer, sagt sie.

In der Früh sieht man Dutzende Arbeiter in orangefarbenen Kitteln das Ufer der Lana umgraben. Die Lana ist für Tirana, was für Paris die Seine ist: Stolz der Bewohner und Anhaltspunkt für Flanierer. Mit anderen Worten: ein kanalisierter Fluss, der die Stadt von Ost nach West durchzieht. Die Arbeiter arbeiten sich langsam daran entlang, hinterlassen glatte, dunkle Erde, kleine frisch gepflanzte Bäumchen, Grassamen, die nach dem Regen am Nachmittag abends schon keimen. Nachts treiben unzählige Plastikcontainer in der Lana, wer weiß, wohin die tagsüber verschwinden. Tagsüber ist der Bach ein einförmiges graubraunes Rinnsaal. Nachts wird er zum Kunstwerk. Ein blauer Lichtstreifen am Anfang der Stadt zeigt an, wo man die vielförmigen Plastikgegenstände hineinkippt. Alles schwimmt unter den Brücken durch, Benzinkanister, Röhren, Tischplatten, halbe Sessel. Ob sie am Ende alle in einem riesengroßen Sieb landen?

Ruf sie an, sagt die Tante. Nur einen Moment. Sie hat gestern bei mir angerufen, nach dir gefragt, ich habe ihr noch immer nichts vom Telefon erzählt. *Dem* Telefon. Sie meint Galips Mutter. Ich wähle die Nummer, warte, bis sich die Verbindung aufbaut. Kaum läutet es, wird schon abgehoben, sie wird neben dem Telefon gewartet haben, fragt aber nicht nach Galip, sondern nach ihrem Vater. An den habe ich gar nicht mehr gedacht. Ich habe ihn noch nicht gesehen, sage ich, wir haben noch keine Zeit gehabt. Bitte, geh bei ihm vorbei, ich erreiche die Großeltern seit Tagen nicht. Ich komme hier um vor Sorge, habe mich krank gemeldet. Warum kommst du nicht auch herüber?, frage ich sie. Ich kann doch meine Tochter nicht alleinlassen, sie hat Konzerte, wichtige Konzerte; sie spielt mit Abbado. Das kann ich ihr nicht antun. Das kann er uns nicht antun. Dass er uns das wieder antut. Hab ich ihm nicht jahrelang Geld geschickt, ihm nicht sein Studium finanzieren wollen, was kann ich dafür, dass er nicht studiert hat? Sie weint nicht mehr. Sie ist aufgebracht. Ärgere dich ruhig, sag ich zu ihr, ich richt's ihm aus, wenn ich ihn sehe, aber er meint's nicht so. Niemand meint etwas, sagt die Mutter, aber alle tun's.

Die alte Dame öffnet mir ganz in schwarz gekleidet. Durch die dunklen seidenen Strümpfe sieht man ihre Kniescheiben, mager ist sie geworden. Mich trifft der Schlag, sagt Galips Großmutter, sobald sie mich erkennt. Du bist das! Sie drückt mich an sich, umhalst mich, sich fortwährend für mein Kommen bedankend. *Sa e tmerrshme që është.* Furchtbar, es ist furchtbar, wiederholt sie ein ums andere Mal. Sie weiß also Bescheid. Es überrascht mich. Wie kann sie Bescheid wissen? Nein, sie weiß nicht Bescheid, sie weiß mehr als ich, mehr als wir alle. Du bist ja ganz blass, sagt sie, komm, trink was, trink ein Glas *dhallë*. Setz dich hin. Sie schiebt einen Sessel in meine Richtung, geht zum Kühlschrank, nimmt Joghurt heraus, vermischt es mit Wasser und Salz, rührt um und schenkt es in ein Glas, das sie vor mich auf den Tisch stellt. Haben sie ihn endlich freigegeben? Aufgebracht ist sie, haut mit der Handfläche auf den Tisch. Wie können sie ihn einfach konfiszieren, sogar als Toter nehmen sie ihm noch die Freiheit. Kann ich das Begräbnis organisieren? Eine Schmach ist es, eine Schande, dem Verstorbenen die letzte Ruhe zu nehmen, nicht einmal zuhause aufbahren haben wir ihn dürfen. Ich trinke das gewässerte Joghurt. Heiß ist es heute, obwohl es Herbst ist, man hätte fast noch schwimmen gehen können. Wovon sie redet, habe ich keine Ahnung, der Tod ihres Enkels kann es nicht sein, so reagiert niemand auf den voreiligen Tod seines Enkels. Du bist braun, *gjyshja*, sage ich zu ihr, gehst du oft in die Sonne? Du schaust gut aus, abgesehen davon, dass du abgenommen hast, isst du nichts, bist du krank? Mein liebes Kind, sagt sie, streicht mir über den Kopf. Hier streicht einem ständig jemand über den Kopf, ich habe mich damit abgefunden. Hat er es dir nicht gesagt?, fragt sie. Ja, hat er es dir denn gar nicht gesagt, nicht einmal dir? *O zot*, oh Gott, es ist ihm halt gar nicht gut gegangen in den letzten Monaten, dem armen Buben, gar nicht gut.

Er war oft bei mir. Mir hat er's erzählen können, bei mir hat er sich getraut. Bei den anderen hat er gefürchtet, sie würden ihn für verrückt erklären, wer weiß, in ein Spital geben, davor hat er sich immer gefürchtet. Er hat sich oft wie von außen gesehen, weißt du, hat seinen Körper nicht mehr normal gespürt. Seine Füße sind ihm so weit von den Augen entfernt erschienen, dass er sie kaum mehr sehen konnte. Kilometerlang ist ihm sein Körper vorgekommen. Und das mit dem Großvater hat ihn schon sehr mitgenommen. Er fühlt sich schuldig, der Bub, der liebe arme Bub. Ja genau, der Opa, was ist mit ihm, wo ist er, wegen ihm bin ich hauptsächlich gekommen, muss ich zugeben, wegen dir auch – ich reibe meine Wange schnell an der ihren –, Käthe hat mich geschickt, sie ruft ständig bei dir an und niemand hebt ab, sie macht sich Sorgen. Hat der Bub sie denn nicht angerufen? Er hat versprochen, sie anzurufen, wollte ihr was vorschwindeln. Er meinte, so könne man ihr das nicht erzählen, solange wir ihn noch nicht wieder zurückhaben; sie regt sich doch immer so auf. Warten hat er wollen. Bis der Vater wieder daheim ist. Bis wir den Termin wissen.
Mir schwant etwas. *None*, was redest du, ich hab keine Ahnung, er hat mir nichts gesagt. *Ihn* suche ich und den Großvater, die beiden Galips, den jungen und den alten. Sie schlägt sich die Hand vor den Mund. Dann hätte ich es dir womöglich gar nicht sagen dürfen, ich hab geglaubt, er hat dich geschickt. Ihre Augen sinken in den Schädel zurück, die Lider schwellen blau an. Sie

schluckt schwer. Wir sind ans Meer gefahren, der Bub und ich, er hat es mir versprochen gehabt, noch ein letztes Mal vor dem Winter. Sogar den Badeanzug hab ich mitgehabt, aber er hat mich nicht gelassen, ich sei zu alt, hat er gesagt, würde mir eine Lungenentzündung holen. Er hat mich überredet, gemeint, ich brauchte frische Luft, es würde mir nicht gut tun, die ganze Zeit drinnen, den Kranken pflegen, der doch nicht zu rauchen aufhört, da würde ich mich verausgaben. Da hätte keiner was davon. Aber ich hab meinen Galip doch nicht allein lassen können, mein Schatz, ich hab ja gar nicht weg wollen. Nur mit dem Buben, wie er sich extra freigenommen hat, da hab ich nicht nein sagen können. Er hat uns abgeholt, mit seinem Auto, er hat ja ein gutes Auto, du kennst es, er fährt noch mit der österreichischen Nummerntafel. Hat uns in die Wohnung hinaufgenommen, da haben wir was gegessen, er hat so schöne Gläser gekauft gehabt, aus Italien, wie er letzthin dort war, mit hineingeschliffenen Blumen. Dem Großvater hat er die Polster am Diwan hergerichtet, sein eigenes Telefon hat er ihm auch noch dagelassen, hat es ihm sogar in die Brusttasche gesteckt, damit er es bei sich hat, im Notfall. Die Fahrt wäre dem Opa zuviel gewesen, er hat die Erschütterungen so gespürt, du weißt, er nimmt zwar Morphium, aber im Wagen, das wäre unerträglich gewesen.

Die letzten paar Monate ist er fast nicht mehr außer Haus gegangen, hat in der Küche Karten gespielt, im

Schlafanzug, den er schon nicht mehr ohne Hilfe ausziehen konnte und der ihm bereits um Nummern zu groß war, als hätte er ihn von einem Riesen ausgeborgt. Jede Woche hab ich die Dosis Morphium erhöhen müssen, und auch Raki hat er immer mehr getrunken. Ich hab mir nicht anders zu helfen gewusst, als nachzuschenken. Die Großmutter seufzt. Es hat ihm so gut getan.

Ich erinnere mich an einen Abend vor sechs oder sieben Jahren. Es muss der Abend gewesen sein, an dem ich den Großvater zum letzten Mal gesehen habe. Später hatte mir Galip ja nahe gelegt, den Kontakt zu seiner Familie abzubrechen. Wir haben zu viert angestoßen, die Großeltern und wir beide, die Gläser haben sich mit einem hellen Klirren über der Tischmitte getroffen, wir müssen anstoßen, hat der Großvater gesagt, jegliche Zweifel bezüglich seines angegriffenen Magens mit einer Handbewegung vom Tisch gefegt, sein Glas in einem Zug geleert, drei Pistazien nachgeworfen und wieder eingeschenkt. Benommen sind wir die Stiege hinuntergetorkelt, nach jenem Abend, haben uns fast den Hals gebrochen im finsteren Stiegenhaus.

Nach Wien hat er halt fahren wollen, sagt die Großmutter jetzt, noch ein einziges Mal nach Wien, ein Haus suchen, von einer gewissen Familie Brandmüller, mit der er verwandt war, mütterlicherseits. Zu Silvester hat er sich im Fernsehen immer die Philharmoniker angeschaut, das war sein Höhepunkt vom ersten Jänner.

Wir zwei, der Bub und ich, sind also an den Strand gefahren, nach Durrës. Die Großmutter schaut aus dem Fenster. Der Bub hat mich ins Café ausgeführt, es ist ihm nicht zu blöd gewesen, mit einer Alten dazusitzen. Es ist so ein schöner Tag gewesen. Ich weiß nicht, was den Opa gepackt hat. Als wir uns verabschiedet haben, hat er zufrieden gewirkt, ist am Diwan gelegen und hat gewinkt. Die Fernbedingung vom Fernseher hat er in Reichweite gehabt, das Telefon … Abends, als wir zurückkamen, es war noch nicht einmal finster, da haben wir die Menschenmenge vor dem Haus gesehen, die haben sich über irgendwas gebeugt, sind alle mit schreckensweiten Augen herumgestanden. Niemand hat gemerkt, wie wir an ihnen vorbei hinauf sind. Und oben war keiner mehr. Am Balkon ist Großvaters Pullover gehangen, übers Geländer, den muss er sich ausgezogen haben. Sogar Zigaretten hat der Bub ihm dagelassen gehabt, obwohl er doch so dagegen war, dass er weiter raucht. Das würde seine Lunge auch nicht mehr retten, ihm nur noch die letzten Stunden vergällen, hat der Opa zu mir dann wieder gesagt. Hätte er doch was gesagt, dass er nicht allein bleiben wollte. *None*, das war's bestimmt nicht, ihr könnt nichts dafür. Jetzt weine ich mit ihr, vor Erleichterung. Und warum hast du das nicht gleich gesagt, auf der Polizei?, frage ich sie. Was weiß ich, damit will ich nichts zu tun haben, mit denen. Der Bub hat mich gleich heimgebracht, hat gesagt, er komme später zu mir. Seither ist er nicht mehr gekommen. Ich hab nicht gewusst, was ich tun soll, ich hab einfach geweint, hab's nicht einmal der Nachbarin gesagt, weil ich auf den Buben gewartet hab. Nur einmal ist ein Arzt vorbeigekommen. Der hat alles schon gewusst. Er stellte sich als Dr. Spahiu vor, sagte, der Bub habe ihn geschickt. Er hat mir Beruhigungstabletten dagelassen, die nehme ich aber nicht.

Unbegreiflich, aber sie ist siebenundachtzig. Mit siebenundachtzig gewinnt man vermutlich eine andere Perspektive auf die Zeit. Seit mehr als einer Woche ist ihr Mann tot, und sie hat es noch keinem gesagt, hat sich Trauerkleider angezogen, auf den Enkel gewartet. Morgen hätt ich nimmer gewartet, sagt sie, morgen hätt ich die Käthe angerufen, sagt sie. Du hast keine Ahnung, wo Galip sein könnte?, frage ich, wie wir ihn erreichen können?, lege das Telefon auf den Tisch, sein blaues Telefon. Er hat gesagt, er kommt bald, sagt die alte Frau ganz leise.

III.

Tirana, im Jänner 2008

E dashur, meine Liebe,
ja, ich bin einfach verschwunden. Ich hatte das Bedürfnis zu verschwinden, du hast die Geschichte von dem armen Galip gehört. Jetzt bin ich wieder daheim, gestern bei der Großmutter gewesen. Sie hat mir gesagt, dass du da warst. Hat getan, als ob du gerade erst bei ihr gewesen wärst, dabei muss es fast drei Monate her sein. Sie hat sich unheimlich gefreut. Du weißt, dass du für immer die einzige Schwiegertochter im Haus sein wirst. Niemand kann dir diesen Platz wegnehmen. Obwohl ich wieder heiraten werde. Das wollte ich dir noch sagen. Ich habe mich so lange nicht gemeldet, weil ich dir böse war. Beleidigt. Dass du geschrieben hast, ich hätte dich ausgenützt. Benützt. Zwischen den Zeilen wenigstens habe ich das herausgelesen.
Bald wird meine Frau deinen Namen tragen und auch die Kinder. Ich hoffe, das stört dich nicht, aber es wäre zu kompliziert, wieder alle Papiere zu ändern. Wenn du magst, könnte ich einem der Kinder deinen Vornamen geben. Es geht mir jetzt wirklich sehr gut. Ich habe beschlossen, diese Frau zu lieben, Kinder zu haben. All die Illusionen von früher … Die Liebe ist nur eine Frage der Disziplin, in meinem Alter zumindest. Bald werde ich achtunddreißig. Wenn alles gut geht, bekomme ich endlich die Ländereien zurück, die uns einmal gehört haben. Dann kaufe ich dir eine Wohnung, wie du sie willst. Ein Haus mit einem

Garten, wie Bibika ihn hatte. Mit Minze ganz hinten und Glassplittern oben am Zaun. In drei Monaten ist Gerichtsverhandlung. Ich hoffe, es wird etwas. Bei dem Schmiergeld, das ich bezahlt habe! Das Land gehört mir, ich habe ein Recht darauf und alle Dokumente bescheinigen es. Trotzdem hätte ich ohne Schmiergeld keine Chance. Die Banken vergeben Kredite für so etwas. Sie wissen, was mir zusteht. Der Landstrich an der Küste, den ich dir damals gezeigt habe. Mach ein Naturschutzgebiet, wirst du sagen. Aber, ist es nicht besser, ich habe dieses Land, als jemand anderer, den wir nicht einmal kennen? Ich werde Gestrüpp stehen lassen, für deine *wilden* Tiere.

Mir ist oft vorgekommen, als hätten wir zwei miteinander immer im Herbst gelebt. Vielleicht weil wir uns im Sommer kennen gelernt haben und so unentwegt den Winter fürchteten, ihn ständig vorwegnahmen, bis er nicht mehr kam. Ich habe den Eindruck, dieses Land verharrt andauernd im Herbst, ein hitziges Nachjahr, das den Sommer verspricht. Der aber tritt nie ein. Wann hätte es jemals einen Sommer gegeben, der auf den Herbst folgte?

Kastanienkinder sind wir gewesen. Verborgen für den, der nicht nachstocherte, sind wir unter gelbrot verdorrenden Blättern gelegen. Schon längst aus den Schalen gefallen, haben wir unsere Stacheln abgeworfen, sind glatt und glänzend geworden, scheinbar unnahbar in

der Hartheit dieser Glätte, aber mit dem rundlichen Fleck in der Mitte, aus dem ja gerade der Keim kommt, wenn man ihn lässt. Anschmeichelnd der Haut, hätte uns jemand in die Hand genommen. Trotzdem oder gerade deswegen hat uns niemand gesehen. Vielleicht war unser gemeinsames Jahrzehnt einfach ein Kastanienjahrzehnt, schon vergessen, während es erst zur Erde fiel. Und vielleicht muss ich noch ein Weilchen ein Kastanienkind bleiben, bis mich jemand ausgräbt, unter dem verwelkten Fogliame hervorzieht. Oder bis ich von selber zu keimen anfange, so etwas soll es ja geben.
Ich warte auf den vergessenen Tag, der in der Zukunft liegt.

P.S.: Danke für alles, auch die Zettel. Ja, die habe ich geschrieben. Und du hast sie gefunden. Wenigstens einen Menschen gibt es, der sich das anschaut! Ich arbeite viel und kann momentan keine Reise machen. Sobald ich kann, komme ich. Ich hoffe, es geht dir gut, und dass wir uns so bald wie möglich sehen. Du hast nach dem alten Haus gefragt, es fehlt jetzt vieles, die Zimmer, die Möbel, Großvaters Bett. Anstelle des Zements, wo früher die Skorpione gesprungen sind, liegen Mutters marmorierte Fliesen. Mich hat sie als Wächter angestellt. Mir soll's recht sein. Die Fenster sind mit zwei Riegeln einfach zu schließen.
Und die grüne Katze, keine Ahnung wo sie ist, weggegangen, glaube ich. Die Leute wollen US $ und ruinie-

ren ihr den Platz unter den Kirschbäumen. Die Mäuse, die am Dachboden ihre Runden drehen, verlieren vor Angst die Schwänze. Mach dir keine Sorgen. Ich melde mich.